성주가 평화다

사드 배치 철회 성주 촛불 투쟁
2 0 0 일 기 념 시 집

성 평
주 화
가 다

사드배치철회 성주투쟁위원회
대구경북작가회의
성주문학회 지음

한티재

시집을 펴내며

김충환(사드배치철회 성주투쟁위원회 공동위원장)

1.

2016년 7월 13일, 느닷없이 사드가 왔다. 무엇이 문제인지 몰랐고, 어떻게 해야 할지도 몰랐다. 불안하고 두려웠다. 그러나 가만히 있을 수 없었다. 무엇이든 해야 했다. 성주군청 광장으로 모였다. 그리고 촛불을 들었다. 끝을 알 수 없는 성주촛불의 시작이다.

하루가 가고 이틀이 갔다. 사흘이 가고 나흘이 갔다. 문제가 하나둘 드러나자, 두려움이 분노가 되었고, 분노가 신념이 되었고, 신념은 헌신獻身이 되었다. 자신의 역할을 미리 알았다는 듯, 용케도 자기 일을 찾고 자기 자리를 찾았다. 필요한 일은 밤을 지새우며 해냈다. 기획팀, 총무팀, 조직팀, 대외협력팀, 진행팀, 홍보팀, 편집팀, 음향팀, 법무팀, 초나눔팀, 리본팀, 배달팀, 미술팀, 꽃자리팀, 노래팀 예그린, 율동팀 평사단, 그리고 여성분과와 청년분과,

5

지역분과, 모두가 자발적이었다. 이것이 성주촛불의 시스템이다.

본질이 드러났다. 전자파에 대한 불안은 문제가 아니었다. 전쟁의 위협이 다가왔다. 길을 찾았다. 성주 사드배치 반대가 아니라 한반도 사드배치 반대였다. 한반도 어디에도 사드배치 결사반대! 성주가 대한민국이다. 사드 가고 평화 오라! 생각이 넓어지니 외치는 구호도 달라졌다.

성밖숲 총궐기대회, 서울역 상경투쟁, 새누리당 장례식, 유림단체 상소문, 참외밭 갈아엎기, 평화기도회, 평화미사, 평화기원대법회, 백악관 10만 명 청원, 908명 삭발투쟁, 1151명 새누리당 탈당, 평화염원 인간띠 잇기, 미대사관 항의집회, 성주촛불 노래자랑, 광화문 민중총궐기대회, 평화발걸음, 평화염원 트랙터행진, 성주촛불 2017년 달력 발행, 그리고 2017년 설날,『성주가 평화다』시집이 나왔다. 성주촛불 200일이 되는 날이다. 기나긴 싸움이었다. 그러나 참여와 열정은 아직도 식지 않았다.

2.

사드는 이 시대의 핵심고리였다. 사드는 성주 군민의 생존권 문제이자, 대한민국 국민의 생존권 문제였다. 사드는 참여와 민주주의의 문제이자, 한반도 통일의 문제였다. 사드는 한반도 평화의 문제이자, 동북아 평화의 문제이며, 세계평화의 문제였다. 사드는 남과 북의 문제이자, 중국과 미국의 문제이며, 러시아와 일본의 문제였다. 사드는 모든 문제의 핵심고리였다.

사드는 성주만의 문제가 아니었다. 성주촛불 50일째, 대한민국의 관심이 성주로 집중됐다. 성주촛불 100일째, 세계의 관심이 성주로 집중됐다. 성주가 대한민국과 세계의 중심에 선 것이다. 성주촛불은 비바람이 불어도, 소나기가 내려도, 눈보라가 쳐도, 단 하루도 빠지지 않고 200일째 세상을 밝히고 있다. 전 국민이 감탄했고 세계가 놀랐다. 성주는 더이상 한반도의 변방, 무시당하는 인구 4만 5천의 작은 고을이 아니었다. 성주가 중심이 됐다.

성주촛불은 이미 승리했다. 외부세력, 불순세력, 님비로 이어지는 정부의 성주 고립화 작전은 실패했다. 미국과 청와대와 국방부는 당황했고, 제3부지를 불 지피며 폭탄돌리기에 나섰다. 정부의 분열공작은 치밀했고, 성주 군민은 노련했다. 촛불을 끄기 위한 공작은 끈질기게 계속되었으나, 성주 군민은 더 끈질기게 싸웠다. 성주 군민은 정부가 원하고 있는 방식으로 싸우지 않았다. 피하기도 하고 물러나기도 하면서 나아가야 할 때 나아갔다. 성주 군민은 이미 이기고 있었다.

하늘엔 무수한 별들이 반짝이고, 땅에는 수많은 촛불이 반짝였다. 하루, 이틀, 사흘, 그렇게 200일. 촛불은 별이 되고, 별은 촛불이 되었다. 여기는 별고을 성주다. 성주 군민은 평화를 원한다. 아무리 권력이 강해도 국민을 이길 수 없고, 아무리 공격을 해도 즐기며 싸우는 성주 군민을 이길 수 없다. 성주가 평화다.

3.

시詩가 왔다. 촛불의 향기를 쫓아 시가 왔다. 시가 평화나비광장을 이리저리 훨훨 날아다녔다. 시가 평화나비다. 평화나비의 날갯짓을 보고 촛불이 웃었다. 촛불이 울었다. 촛불이 소리쳤고 촛불이 일어났다. 50개 도시가 촛불을 밝혔다. 100개 도시가 촛불을 밝혔다. 100만 명이 촛불을 들었다. 200만 명이 촛불을 들었다.

다시, 시詩가 모였다. 평화나비가 떼를 지어 날아간다. 다시, 세상 속으로.

차례

마을의 새로운 시작 1

고희림

참외에 묻은 고운 흙이 날아가버리고
벌써 8월이 지나간다
두 손 번쩍 들 줄 알았던 별고을 사람들의
낫 한 자루 같은 촛불들이
풀풀풀풀 공중으로 올라가 봉화처럼 타오른다

무기를 희망으로 부풀리려는 태양이
독뱀의 혀처럼 날름거린다
잊을 수 없는 역사가 뱀꼬리처럼
처연하게 살아난다

성벽을 쌓고 만주로 가고 포로가 되고
고문실로 사형장으로 끌려간 무지무지한 학살의 국가
였다
언제랄 것도 없이 무기를 팔아주는 국가였다
마을 사람으로 스스로 살아야 했으나
마을의 얼굴에 침을 뱉는 국가가 된 국가였다

제국에게 묻고 제국에게 응답하는
국가는 우리에게 너무 부끄럽다
마을마다 미군기지를 만들려고 부산을 떨며
줄곧 저 밖으로 우리를 내모는 국가는
죽지 않을 새처럼 날아다닌다

그러니 우리는 마을을 버릴 수 없고, 마을을 키워
조상의 무덤을 그 다음 대로 넘겨주며
수절하는 농부!

삼십 년 된 목수
사십 년 된 이발관
칠십 년 된 10월항쟁의
붉은 깃발을 매고 오종오종 앉아
살아온 마을은 속도를 이겼다

저 말 없는 산처럼 말썽 없이 평화롭게
나비와 꽃을 풀어
온전한 자유로
제자리에서 혼자 뿌리를 만드는
진짜 별,
진짜 마을,
진짜 사람들의
제 마음속 오랜 탄식으로
있을 수 없는 역사에 빛을 입히려 하나니
보아라
지금이 바로 마을의 새로운 시작이다

두고 보아라
어느 마을이든 절대 사라지지 않는다
어느 마을이든 결코 울지 않는다
저 산과 저 나무의 깊은 뿌리와 함께
가슴과 가슴에 묻은 공산화첩과 함께

어느 마을의 노래이든 그치지 않는다

노래는 우리의 노래
내일은 우리의 내일
우리는 무기가 필요없다
이제부터 어느 마을에도 무기가 필요없다

(2016년 8월 6일 낭송)

마을의 새로운 시작 2

고희림

오늘도 저 별에서
평화나비, 성주 광장을 바라보겠지
어제도 그저께도 내일도 모레도 바라보겠지
이 반짝반짝거리는,
이 반짝거리며 타오르는,
이 애타는 봉홧불 같은 기 도대체 뭐꼬
이래 물으며 바라보겠지

성밖숲*이라는 데서
9백 몇 명이나 되는 마을 사람들이 머리를 빡빡 밀디마는
후끈후끈한 생살의 머리에 띠를 두르고 매일 밤마다
꽃처럼 나비처럼 광장으로 날아가는데

무슨 눈치를 보는 것도 아니고
무슨 주눅이 들기나 하나
무슨 정장을 차려입고 똥폼 잴라는 것도 아니고
무슨 연설문을 주욱 읽는 것도 아니고

무슨 명함을 돌리는 것도 아니고
무슨 거짓말 하는 것도 아니고
무슨 부자가 될라 하는 것도 아니고
무슨 유명해질라 하는 것도 아니고
무슨 사돈의 눈치를 보는 것도 아니고
무슨 정치인의 줄을 선 것도 아니고
자연스럽고 절박한 저 마을에
무슨 일이 있어났노 이래 생각할 낍니더

이 야속한 불통 더위에 시간만 되면 다 날아와서
그저 솔직한 제 답답한 가슴팍을 활짝 열어제끼고
저 밑바닥에서부터 올라오는 진실이라카면 진실을
딱 까놓고 말씀들을 하시는데
아 저기 진짜로 머꼬? 이리 묻는다

평생 농사만 짓던 저 몸뚱이에 불을 활활 달았는데
지금 무슨 일이 일어나도 크게 일어났다고

생각할 거다

아지매 아재 이모 고모 외할매 외할배 사돈에 팔촌에
    유모차에 초딩 중딩 고딩에다가 이장 면장 선생님 아가
씨까지

대은하를 이루며 장강처럼 흐르는 저 골똘한 눈빛들이
도대체 뭔가 하고 말이다

저 별뿐만 아니라 이제
다른 마을에서도 전국적으로
모였다 하면 이제 이래 말한다

하루도 아니고 이틀도 사흘도 아니고 매일매일
저 성주라는 마을에 주민들이 모여가
딱 까놓고 민주주의라는 것을 하고 있는데
광장에 나왔다가 드갔다가 하는 사람들도 있고

광장에는 안 나오고
뒤로 옆으로 몰래 저거끼리 속닥속닥거리는
사람들도 몇이 있는데
머 꾸린 게 없는 사람들은 광장으로 다 나와가
다른 마을은 우째 돼도 모르겠고 우리 마을만 사드 오
지 마라
이래 말하는 것도 아니고
우리 마을이나 다른 마을이나 똑같이
귀중하게 생각하는 그 마음이
딱 양심과 진실
진실과 양심에 입각해 가지고 밤이 깊어가는 줄도 모르
는데

이제 알 만한 사람은 다 안다
우리 마을도 안 되고 남의 마을도 안 된다
마을에 무기는 필요없다 평화롭게 살란다
별마을 사람들맨치로 주민이 결정해서

국가에게 통보해야 된다고
지금 옆마을에서도 그 옆마을에서도
전국적으로 막 번지고 따라해야 한다고 난리가 났다

별마을에 일어난 일들이 남의 일이 아니고
자기 마을에서 무슨 일 터지면
별마을 사람들처럼 해야 된다고 말이다

그러끼이네 지금 이 순간
딱 까놓고 진실을 말하자면
마을이 마을다우려면 성주처럼만 해라
사람이 사람답게 살려면 성주 사람만 해라
딱 까놓고 얘기 다 했다 이제 알아들을 때가 지났다
우리 마을이나 남의 마을이나 안 되는 건 안 된다
사드가 뭐꼬 돌리보내라 평화롭게 살란다

그래서 이제

별고을 성주를 향한 외마디 비명의 찬사를 무한정 보내
겠습니다
　촛불주민회가 사드를 돌리보내고 있다
　성주로 와서 촛불 들자

(2016년 9월 25일 낭송)

* 경상북도 성주군 성주읍 경산리 성주읍성 서문 밖에 있는 숲. 천연기념물
　제403호로 지정되어 있다.

기춘 아지매

권순진

성주군 선남면 오도리 기춘 아지매의 삶은 촛불 이전과 이후로 확실히 갈라졌다. 사드란 괴물이 들어선다는 소문을 듣기 전에는 심산 김창숙이란 인물이 이 고장 사람이었다는 사실을 까맣게 몰랐다. 알 턱이 없고 듣도 보도 못한 이름이었다. 자기랑 나이는 비슷한데 얼굴은 엄청 더 예쁜 탤런트 김창숙은 안다. 이 나라에 '껍데기는 가라' '그 모오든 쇠붙이는 가라'고 외치다 간 신동엽 시인도 처음 들었다. 같은 이름 개그맨은 가끔 보아서 안다. 김소월 윤동주의 시 한두 편은 제목도 알아 완전 맹탕은 아니라 자부했건만. 이참에 몇몇 시인의 이름을 새로 주워들었다. 집안 동생이 일러줘서 현재 스코어 잘 나가는 문인수란 시인의 고향이 성주란 사실도 새롭게 알았다. 군청 앞마당에서 시를 읽어주던 멀끔한 젊은이 김수상 씨도 시인인 것을 알게 되었다. 결과적으로 그놈의 사드 때문에 신간은 고되었지만 먹물은 좀 먹은 셈이다. 기분 더럽게 성말고 자기와 이름이 같은 나치 장교를 닮은 사람과 미꾸라지란 별명의 우씨란 사람이 청문회에서 모른다 안 했다

앵무새처럼 주낄 때, 전 같으면 그런가 보다 했겠는데 분통이 터져 주둥이를 쥐어박고 싶었단다. 자기가 뽑은 국회의원도 창피해 죽겠단다. 매양 가던 길로 붓 뚜껑을 찍어온 제 손가락을 분지르고 싶었단다.

(2016년 8월 10일 낭송)

너희는 레이더 앞에서 참외나 깎아라, 우리는 싸울 테니

김수상

밥을 먹을 때도 시를 쓸 때도 기승전결이 있다
연애를 하거나 하물며 죽음을 맞이할 때도 기승전결이
있다
바람이 불고 비가 오거나 천둥이 칠 때도 마찬가지다
기승전결은 서사다, 서사는 이야기다

너는 기승전이 없이 왔다
이야기가 없이 왔다
무작정 왔다
결론으로만 왔다
통보로만 왔다

기起는 뜻을 일으키고, 승承은 이어받아 전개하며
전轉은 한 번 돌리어 변화를 주고, 결結은 마무리하는 것
이다
설득은 그렇게 하고 정치도 그렇게 하는 것이다

너는 우리가 초대하지도 않았는데

무작정 와서 손님처럼 대해 주지 않는다고

행패를 부리며 오히려

우리를 불순하다고 몰아세운다

옛사람 가야인의 무덤이 별처럼 돋아 있는 별의 산 성
산星山에

미사일이 온다고 통보하는 날,

참외밭 찜통하우스에서 참외를 따던 우리는

새까만 얼굴이 하얗게 질렸다

천년의 바람이 아직도 놀고 있는 성밖숲의 왕버들은 분
해서 잎을 떨었고

가야산의 여신도 고개를 돌렸다

레이더가 오고 미사일이 오면

철조망이 쳐지고 전자파가 읍내를 뒤덮는다는데

아이들이 뛰어노는 운동장엔
전자파가 수영장의 물처럼 흥건히 고여 있을 텐데
어쩌나, 정말 그러면 어쩌나
벌들도 떠난 들판엔 참외 꽃만 혼자서 시들어갈 텐데
성산의 고분 위의 별들도 더이상 돋아나지 않을 것인데

어떤 것을 함부로 거칠게 다루면 그것은 천하게 되고
초대받은 손님처럼 대하면 그것은 귀하고 기품 있게 된다
너희는 우리의 삶의 터전을 함부로 대했다
우리의 노동을 거칠게 대했다
우리의 정갈한 밥상을 발로 차 엎었다
밥상을 엎는데 가만히 있을 사람이 어디에 있는가
우리는 가만히 있으라고 해서 죽는 어이없는 죽음을 수
없이 보았다
이 땅에서 가만히 있으라는 말은 죽으라는 말이다

그래서 우리는 가만히 있지 않았다

법 없이도 가야산의 맑은 물처럼 살던 우리들은
군청의 앞마당으로 모여들어 촛불을 밝혔다
교복을 입고 유모차를 끌고 밀짚모자를 쓰고
땀에 젖은 수건을 목에 걸고
전쟁반대 사드반대, 사드배치 결사반대를 외쳤다
우리는 지역이기주의가 아니고
우리는 종북이 아니고
우리는 전문시위꾼이 아니고
우리는 외부세력이 아니다

우리는 기가 차서 뭉쳤고 억울해서 뭉친 사람들이다
참외도 놀라서 주먹을 쥐었다
한반도의 평화와 세계의 평화를 열망하고
전쟁을 반대하고 폭력을 반대하고 미사일을 반대하고
전자파를 미워하는 성주에서 똘똘 뭉친 내부세력이다

우리는 얼떨결에, 정말 얼떨결에 세계적인 사람들이 되

었다
　전쟁을 반대하고 평화를 열망하는 사람들이 주목하는
　성주의 사람들이 되었다
　우리는 우리가 자랑스러워 평화의 파란 리본을 만들었다
　우리 성주는 이제 성지가 되었다
　반전평화운동의 성스러운 땅이 되었다
　너희는 우리를 함부로 대했지만
　우리는 우리 스스로를 평화의 채찍으로 매질하며
　강철처럼 단련되고 있는 중이다

　나 오늘 울먹이며 고백한다
　나는 혼자서 두 아이를 키우는 아버지다
　아이들 다 키우면 성주 성산리로 내려가서
　작은 집 하나 짓고 텃밭 가꾸며 살려 했다
　시가 안 써지는 날이면 성산리 고분에 가서
　성산 가야 옛사람의 별처럼 반짝이는 말씀도 받아쓰려
고 했다

사는 일이 숨찰 때마다 빚을 내서 마련한
성산리의 작은 집터에 이쁜 집을 짓는 꿈을 꾸었다
지금 거기엔 미사일을 모르는 나비떼만
여름꽃 위에 나풀거리며 놀고 있다
내 집터에 미사일이 웬 말이냐,
억울해서 못 살겠다!
분해서 못 살겠다!
사드배치 철회하라!
평화세력 연대하라!

(2016년 7월 25일 낭송)

길을 막고 물어보자

김수상

길을 막고 물어보자
누가 우리의 평화를 빼앗아 갔는가

길을 막고 물어보자
누가 우리의 손을 맞잡게 했는가

길을 막고 팔을 벌려 물어보자
이 싸움은 이제 우리가 이긴 것 같지 않은가

너희들이 도둑같이 숨어들어
전쟁의 무기를 들여놓겠다던
별의 산 성산에서부터 샘물은 흘렀다
곧게 뻗은 성주로를 따라 사람들이 모여들더니
순식간에 인간의 띠를 만들었다
얼굴에는 강물 같은 평화의 웃음이 넘쳐흘렀고
목이 터져라 "사드 가고 평화 오라"를 외쳤지만
사람들의 목소리는 쉬지 않았고 종처럼 맑았다

소리 없이 소문도 없이 착하게 살던 성주의 별들이 모여
평화의 강물을 만들었다
4천여 명의 사람들이 이룩한 평화의 인간띠는
기적의 강물이었다
그저 바라보기만 하여도 벅차서
눈물만 흐르는 강물이었다

평화, 공존, 기적, 희망
이런 착한 말씀들을 모신 현수막과 깃발과 만장을 든
사람들이
대체 어디서 쏟아져 나왔는지
길목 곳곳에 손에 손을 잡고 별들이 되어 반짝였다

마을 풍물패가 북을 치며 앞장을 서고
대형 태극기와 평화나비 펼침막이 그 뒤를 따랐다
심장이 터질 것 같았다
우리가 우리를 보고 뜨거운 눈물을 흘렸다

우리가 우리를 보고 평화를 뼛속 깊이 새겼다

아, 우리가 언제 이렇게 살아있다는 기쁨을 맛보았던가
아, 우리가 언제 이렇게 하나가 되어 보았던가
아, 우리가 언제 손에 손을 잡고 뜨거운 눈물을 흘려 보
았던가

어린 아이가 아빠의 목에 올라타서
"사. 드. 가. 고. 평. 화. 오. 라."고
또박또박하게 외쳤다
그 말들을 성주의 하늘은 빠뜨리지 않고 받아 적었다
생명의 마을에서 평화를 찬탈해 간 자들을
이제는 하늘이 용서치 않을 것이다

선남면의 할머니도 초전면의 어린이도
사드는 안 되는 것을 아는데 너희들만 모르니
이제는 너희들이 불쌍해 보인다

34

아, 사랑은 이렇게 오는가
성주 땅은 분열책동을 일삼는 너희들이 넘보기에는
평화의 힘이 너무 커진 땅이 되어버렸다
이제 너희는 우리의 상대가 아니다
쇠붙이로 짓밟기에는
우리가 너무나 부드러운 흙가슴이 되었기 때문이다
사랑으로, 단결로, 평화로, 우리는 이겨내었다
우리는 승리이고 평화이며 서로의 자랑들이다

눈물이 난다
뜨거운 눈물이 난다
이 사랑의 기억을 죽음까지 데리고 가자
이 평화의 항쟁을 역사歷史 끝까지 데리고 가자
성주의 성산포대에서 퍼올린 사랑과 평화의 샘물을
뜨거운 연대의 바다로 데리고 가자
우리가 이겼다

우리가 평화다
모두가 성주다

(2016년 8월 28일 낭송)

저 아가리에 평화를!

김수상

방해하고 분열하는 것들이
우리를 보고 술집하고 다방하는 것들이라고 말했다

협잡하고 밀담하는 것들이
술집하고 다방하는 것들이라고 말했다

배신하고 아첨하는 것들이
술집하고 다방하는 것들이라고 말했다

개돼지라고 불린 지가 엊그제 같은데
오늘은 우리가 '것들'이 되었다
'것'은 사람을 얕잡아 부르는 말이라고
국어사전에 나와 있다

다방이 어쨌다고
술집이 어쨌다고

푸른 풀밭 같은 초전엔 다방도 많더라
월항에서 풀 베고 초전읍내에 나가서 마시는
쌍화차는 꿀맛이더라

찜통하우스에서 일 마치고
읍내에 나가서 마시는 가천막걸리는
세상에서 둘도 없는 맛이더라

니들이 정말 술맛을 아느냐,
니들이 정말로 차맛을 아느냐

그래서 어쨌다는 것이냐
술집하고 다방하는 것들이 어쨌다는 것이냐

술집하고 다방하는 것들은
촛불을 들고 사드를 반대하면 안 되는 것이냐

술집하고 다방하는 것들은
　퍼붓는 빗속에서 사드 가고 평화 오라고
　목이 쉬도록 외치면 안 되는 것이냐

　술집하고 다방하는 것들은
　손에 손을 잡고 해방의 뜨거운 눈물을 흘리면 안 되는
것이냐

　그래, 우리는 술집하고 다방하는 것들이다
　별고을에서 술 팔고 차를 팔아서
　토끼 같은 내 새끼들 기르고 늙은 부모 모시는
　술집하고 다방하는 것들이다

　맨 먼저 군청 앞마당에 나와서 촛불을 밝히고
　맨 마지막까지 남아서 촛농을 벗겨내던 우리가 바로
　다방하고 술집하는 것들이다

쎄가 만발이나 빠질 저 양의 탈을 쓴 늑대들을 어찌해
야 좋을까
　저 무지에 신념이 붙은 기가 막힌 종자들을 어찌하면
좋을까
　성주의 술집이여, 일어나라!
　성주의 다방아, 일어나라!

　빼앗긴 평화나비광장은 비에 젖는데
　빼앗긴 별의 산 성산星山도 바람에 우는데
　기가 찬 저 소리를 듣고
　술병도 울고 찻잔도 분노에 떠는데
　성주의 술집이여, 촛불을 높이 들자!
　성주의 다방이여, 촛불을 사수하자!

　우리는 눈물을 뭉쳐 평화를 만드는 별고을의 사람들,
　더러운 입은 가고 깨끗한 말들이여 오라!
　불신은 가고 믿음은 오라!

증오는 가고 사랑은 오라!
분열은 가고 단결은 오라!
전쟁은 가고 평화여 오라!

(2016년 9월 14일 낭송)

평화 형님, 최영철 님께 드리는 편지

김수상

칼을 가는 성자聖者가 가을비를 맞으며
성주의 엘지전자 네거리에 서 있습니다
'사드배치 결사반대'의 머리띠를 두르고
어깨에는 노끈을 걸었습니다
앞에도 글씨, 뒤에도 글씨
흰색 천에 막대를 넣고 재봉을 했네요
검은 글씨가 깨끗합니다
형님이 쓴 글씨가 분명합니다
글자 하나가 틀려 있네요
틀려 있으니 더 정이 가고
틀려 있으니 더 오래 눈이 갔습니다

기름진 백 마디 말보다 행동 하나가 낫습니다
겉멋 부린 열 줄 글보다 행동 하나가 낫습니다
촛불이 있는 곳이면 언제나 앞자리에 오셔서
처음부터 끝까지 촛불을 지키고 계십니다

군청 대강당에서 제3부지 토론회를 할 때도,
성주의 물정도 모르는 국무총리와 국방장관이 왔을 때도,
성밖숲에서 삭발을 할 때도,
평화의 인간띠 잇기를 할 때도,
비가 억수같이 퍼붓는 광장에서,
폭염의 뜨거운 하늘 아래서도,
선남면의 칼 가는 형님은
촛불을 밝히고 구호를 외쳤습니다

백악관 10만 서명운동을 할 때는
오토바이를 타고 수백 킬로를 다니시며
5만 부에 가까운 전단지를 돌리셨습니다
소리도 없는 소문도 없는
저 뜨거운 실천이 바로 평화입니다

늘 한결같은 저 마음이 평화로 가는 마음입니다
늘 한결같은 저 촛불이 평화를 밝히는 마음입니다

칼을 가는 성자가 오늘도
성주읍 네거리에 서 있습니다
아름다운 것이 어디 따로 있겠습니까
아름답게 하는 것이 아름다운 것입니다
거룩한 것이 어디 따로 있겠습니까
거룩하게 하는 것이 거룩한 것입니다

세상을 읽으려면 바닥에서 세상을 살펴야 하고
세상의 상처를 돌보려면 내가 먼저 아파야 합니다
우리를 다 돌본 후에야
맨 마지막에야 씻으러 가는 사람이 있습니다
아름다운 사람,
거룩한 사람 하나가
오늘도 성주읍 엘지전자 네거리에 서 있습니다

사드가 물러가고 평화가 오는 날,

우리는 당신의 발을 가야산 맑은 물로
맨 먼저 씻겨 드리겠습니다

평화를 어깨에 떠메고 별을 향해 가는
아름다운 사람, 당신은 별고을의 성자입니다

영철 형님, 고맙습니다!
영철 형님, 사랑합니다!
사드는 가고 평화는 오라!
전쟁은 가고 평화여 오라!

(2016년 9월 28일 낭송)

니들이 이 맛을 아느냐?

김수상

깃발들이 모였다
단풍은 지고 있는데
소성리로 가는 깃발이 울긋불긋하다
평화나비의 깃발
사무여한死無餘恨의 깃발
사드반대의 대형 깃발
성주가
김천이
원불교가
일본국의 교가미사키와 교토가
천주교 서울대교구 정의평화위원회가
깃발이 되어 초전에 모였다

징소리와 북소리가
하늘을 두드리고 땅을 울렸다
풍물을 앞장세우니 만장과 깃발도 따라서 들썩인다
사드배치 결사반대!

박근혜는 퇴진하라!
새누리당 해체하라!
구호도 깃발처럼 드높다

잿빛의 하늘에 성긴 눈발이 비치는가 싶더니
눈이 온다
아, 첫눈이 오신다
평화나비의 깃발이 첫눈을 맨 먼저 받아먹는다
소성리 할매의 얼굴에도 함박웃음이 피었다
관절염 절뚝이는 다리로 깃발을 지팡이 삼아
잘도 잘도 걸으신다
눈발도 신이 났다

김천에서 온 할매 셋은 재잘대는 소녀처럼 걷는다
"이번에 사드 물리치면 우리는 원불교 믿을 거예요.
원불교가 우리한테는 참 큰 힘이라요."
눈은 펑펑 내리는데,

별고을 사람들이 내주는 따뜻한 차에도
첫눈은 내리는데,
길목의 개들도 우리를 보고 반가워서
꼬리를 흔들며 목청 높여 짖는데,
아, 가슴 저곳에서 치미는 이 뜨거움의 정체는 무엇일까

아빠가 딸아이의 손을 잡고,
빨간 잠바는 파란 잠바의 손을 잡았다
깃대는 평화를 잡고
평화는 깃대를 잡았다
누구 하나 흐트러진 발걸음 없이
평화의 발자국을 길 위에 새긴다
푸른 물이 뚝뚝 떨어질 것만 같다

걷는 이들은 이 첫눈을 눈으로 입으로 받아먹고
하늘 끝까지 신명이 뻗쳤는데,
걷다가 지칠까,

'예그린'은 아름다운 노래를 불러 주신다
눈발 사이사이로 평화의 음표들이 떠다녔다

월곡지에 도착할 무렵 떡가루 같은 눈이 퍼붓는다
승복을 입은 김충환 위원장이 평화나비 깃발을 들고
풍물패 장단에 실려 덩실덩실 춤을 춘다
사드를 타파하는 춤이다
이제 "사드 타파!"는 성주 촛불의 인사가 되었다

첫눈은 퍼붓고 뜨거운 눈물은 치미는데
노란 바탕의 붉은 글씨, 사드반대도 춤을 춘다
우리가 언제 첫눈 오는 이 길을
함께 걷게 될 줄 알았을까,
말들이 도란도란하다

소성리로 가는 벽소로에는
떨어진 아기사과들이 눈발을 맞고 있었다

빨갛게 튼 아기사과의 볼이 안쓰러웠다

월곡지를 지나니 눈발은 더욱 퍼붓고
소성지의 억새들도 눈을 맞으며 우리에게 손을 흔든다
소성리 마을 분들이 어묵을 끓여 놓고 기다린다
우리는 혁명에서 승리하고 돌아오는
농민군처럼 기가 올랐다
아, 눈은 내리는데
큰 솥에서 끓고 있는 어묵의 맛이 천하일미다
눈 내리는 천막 밖에서
누군가가 잡목을 끌어와서 불을 지폈다
불은 따뜻하고
연기는 피어오르고
아, 눈은 내리고 어묵은 맛있고
뜨거운 국물 위로 다시 눈은 내리고
더 드세요, 더 드세요!
고맙습니다, 고맙습니다!

우리에게 해방이 있다면 이것이 해방이고
민주가 있다면 이것이 민주고
공화국이 있다면 이것이 공화국이다
우리는 소성리에 작은 공화국을 세우러 가는 사람들이다

얼마나 그리웠던가
이런 해방 세상이 얼마나 그리웠던가

눈발에 옷은 젖어도 사람들의 얼굴은 꽃처럼 피어났다
낯이 익은 소성리의 주민이 말했다
"소성리의 옛이름은 소야예요."
소야邵野, 아름다운 들,
소야가 첫눈을 온몸으로 다 받아내고 있었다

어제는 이백만의 촛불이 청와대를 에워쌌다는데,
차가운 차벽을 꽃벽으로 만들어버렸다는데,
단 하나의 폭력도 단 하나의 연행자도 없는

지구상에서 가장 위대하고 평화로운 기적의 촛불이었
다는데,
뇌도 없고 심장도 없는 너희들이
이 눈 내리는 소야의 벌판을 한 번이라도 걸어보았더라면
이런 패악의 정치, 치정의 정치는 하지 않았을 것인데

눈도 하얗고
떡국도 하얗다
소야의 마을회관에 오니
떡국이 끓는다
인심이 만장滿場이다
웃음이 함박이다

나는 보았다
그 많은 떡국을 두 솥에 끓여내고
그것도 모자라서
다시 끓여낸 떡국을 주기 전에

국자로 먼저 간을 보고 내어주던

그 인심, 그 배려, 그 사랑, 공화국의 벅찬 마음을

주사 맞고 약 처먹는 포르노 정권

너희들은 죽었다 깨어나도 모를 것이다

우리 별고을 평화의 깃발들은

너희들에게 묻는다

니들이 이 맛을 아느냐?

이 해방공동체의 어묵 맛과

민주공화군民主共和郡 성주군의 떡국 맛을,

소야의 아름다운 벌판에서 온몸으로 맞는

평화의 첫눈 맛을, 니들은 아느냐?

(2016년 11월 27일 낭송)

新 껍데기는 가라

김용락

밤하늘의 별이 맑은
별고을 경상북도 성주는
내가 존경하는 배창환 시인이 사는 곳
그가 태어나고 자라고 그의 아이들이 태어나 자란 곳

그는 밤하늘의 별무리처럼 많은 시인 가운데서
가장 우뚝한 민족시인
가장 우뚝한 교육시인
가장 우뚝한 평화시인

가야산의 우람한 절조를 가슴에 안고
산비알의 흙과
농부들의 순정을
보습과 쟁기 같은 가슴으로 녹여 시를 써온 시인

별처럼 빛나는 그 시인을
마음 상하게 하지 마세요

화나게 하지 마세요
울게 하지 마세요

사드 배치를 철회하라
성주에서 사드를 내쫓아라
한반도에서 사드를 내쫓아라
이 지구에서 사드를 내쫓아라

폭력과 야만과
부정의와 파시즘과 제국주의를
오늘, 이 땅에서 한라에서 백두까지
그 모든 껍데기는 가라

(2016년 8월 6일 낭송)

* '껍데기는 가라'는 신동엽 시인의 시 제목.

사드여, 미국 본토로 가라

김용락

사드를 경북 성주 성산에 배치한다고 하여
성주 군청 앞마당까지 쫓아가
반대시를 낭송했더니
이번에는 김천시 남면 코앞에 사드를 배치한다고 한다
사드는 시인을 바쁘게 한다 분노케 한다
김천시 남면은 민족시인 김종인이 태어나서 자란 곳
그 촌에서 명문 김고에 합격하고
국립 경북사대 국어과 합격해
이제 우리 아들은 나처럼 흙 속에서
두더지처럼 땅을 파지 않아도 되겠구나
선생님이 되겠다, 희망을 갖게 했던 곳
그러나 참교육 시를 쓰고 전교조로 학교서 쫓겨나자
속이 상한 아버지가 한밤중에 술에 만취해
밭둑 베고 하늘의 별을 보며 세상을 한탄하던 곳
아직 구순의 노모가 정정하게 살아 계시는 곳
올 초에 스무 평짜리 통나무집을 짓고
구순 노모에게 마지막 효도를 하고 있는 곳

그 남면에 사드배치 골프장에서 5리 남짓 떨어진 곳
혁신도시라는 사드배치 골프장에서 10리 남짓 떨어진 곳
사드여!
귀신보다 더 무서운 폭력의 무기여
주인이 미국인 무기여, 제발 미국 본토로 돌아가라
아니 지구 밖으로 영원히 꺼져버려라
벼가 누렇게 익어가는 황금빛 들판
그 위를 유유히 날아다니는 붉은 고추잠자리
바쁜 농부마냥 이리저리 뛰어오르는 메뚜기떼들
초가을 노랗게 말라가는 포도나무 잎사귀 아래
그 유명한 김천 포도
순박한 농부들의 흙빛 얼굴
남면 출신 김종인 시인의 맑은 영혼을 슬픔에
젖게 하지 마라
사드여, 순박한 우리는 평화를 원한다
사드여, 아름다운 한반도는 평화를 원한다

(2016년 9월 25일 낭송)

외부 사람

김윤현

서울에 전염병이 돌면 서울에 있는 의사들만 치료해야
겠네 서울 의사들이 치료하지 못해도 외지에서 개업한 의
사들은 남의 일이라 구경만 해야겠네 성주에 사드배치 반
대 시위에 외부 불순세력 있다고 나발 부니 말이다 그러
니 강정마을 일은 강정마을 사람들만 관심 가져야 하겠
네 세월호 침몰 사건은 세월호 피해자들만 책임자 처벌,
진상규명 요구, 재발방지 주장해야 하겠네 부산에 왜적이
쳐들어오면 부산시민들만 막아야 하겠네 성주까지 밀리
면 성주군민만 대응해야겠네 초전면민들은 구경만 하고
있다가 초전면에 적이 오면 그때서야 반응해야겠네 그 동
안 닦아온 지방자치라 참 잘 되겠네 이웃집에 불이 나도
가만히 있다가 불이 담 넘어 번질 때에야 불을 꺼야겠네
미리 덤비다가 외부불순세력이 될 테니 그러니까 성주군
초전면에 사드가 와도 김천 사람들 가만히 있으라는 얘기
네 귀신 씨나락 까먹는

(2016년 8월 6일 낭송)

내 고향 성산, 그 별 내리던 곳에

김태수

십오 년 자라다 떠나 예순이 넘어
고향 온 지 벌써 오 년째다
새 이웃들은 모두 늙었고 그때 어린아이였던
친구들도 노인이다
해발 400미터의 성산星山은 여전히 포근하고
우리들 다리 난간 위에서 뛰어내리던
성밖숲도, 이조년李兆年 선생의 나지막한 목소리
이화월백梨花月白 은한삼경銀漢三更이
읍내를 맴도는 것 또한 예전 그대로이다
노랑꽃 노란 꽃술 질질 흘리던 노랑참외는
하얀 비닐 집 속으로 들어가고
사라호 태풍으로 온통 상처투성이던 신작로
아스팔트 포장 말고는

나 갑자기 고향 성주를 버릴 생각을 한다
이 소용돌이의 전주곡前奏曲이었나 어떤 관리는
천황폐하만세를 외치더니

이어 또 어떤 관리는 백성을 개돼지라고 했다
개돼지란 말이 통할 수 없었을까
그렇다 아무 피해 없는 최적지는 성주라고?
한마디 귀띔 없이 여왕폐하는 읍내 앞산을
속수무책의 전쟁터로 내몰았다 별 내리던 별고을 하늘은
전자파가 별빛처럼 쏟아질
그런 밤! 가뜩이나 새벽잠 없을 선량한 촌로村老들
귀청을 찢는
레이더 발전기 소음에 잠 못 이룰 끔찍한 밤을

내 고향의 머리 위에서 누가 무슨 짓을 하려는가
읍내로 레이더 전자파가 직격탄直擊彈으로 떨어지는
소름 끼치는 풍경쯤 보지 않아도 안다
우리 백성들은 개돼지라 정말 상관없는가
섬나라 일본, 미국령美國領 괌도島
사드 레이더가 왜 바다를 향하고 있는지쯤은 나도 안다

나 갑자기 고향을 버릴 생각을 한다
온통 사드참외와 사드사과의 고향, 인제 고을 이름마저
사드성주로 바뀔 이 슬픈 동네
내 어린 손녀의 이름 앞에도 붙을지 모를
오오, 징그러운 사드, 사드라는 괴물의 저주를 피해
개돼지들의 동네를 떠나 먼 먼
사람의 나라, 그런 나라로 가야겠다

(2016년 7월 20일 낭송)

경북 성주 초전, 한 여인에 대한 기억

김태수

그때 내 나이 스물하고도 넷이었다
베트남전쟁에 참전하고
죽은 이들이 떼거리로 나타나 꿈을 헝클이는 괴로운 나
날 속
서른 날의 휴가, 전쟁의 상처를 털어내고 있었다

우리는 유행가 가사처럼 만났다
그 시절 내 집은 이웃 읍내였고
초전국민학교에 근무하는 친구 찾아 그곳엘 갔다
학교 대운동회날 아이들이 그린 만국기 머리 위에서 흩
날리고
백마부대 표시 선명한 군복이
개선장군처럼 자랑스러웠던가 바보처럼
남의 나라 통일을 방해하러 가서 입은 그 군복을

학교 운동장 한귀퉁이에서 그녀를 만났다
짧은 휴가 기간에 그녀 고향 마을 어귀에서도 만났다

그 후 중국집에서 두어 번 자장면을 먹었다

손 한 번 꼭 쥐어주지 못해도 사랑이라 하는가
여린 입술에다 뽀뽀 한 번 못 해도 사랑이라 하는가
도시행 버스 안이
마지막이었을 줄, 손 한 번 제대로 흔들지 못했고
이후 한 번도 만날 수 없었다 이튿날
먼 군부대로 복귀했고
그대는 부산 어느 공장에서 미싱을 밟고 있었을까
그것도 사랑이라고
오늘 떠올린다 그대 이름도 모르면서
말없이 깨물던 입술의 기억만 떠올린다

여인이여 그대 고향에 사드가 온단다
예전 우리 오래 걸어 들어간 깊숙한 산골 그 풀밭으로
해질녘 급히 내려서던 땅거미
그 산 어디쯤 사드가 온단다

돌아 나오며 소스라치던 어둔 그 길을 따라 사드가 온
단다
여인이여 그 밤의 무서움은 인제 무서움이 아니다
우리들 사흘간 짧았던 사랑을 흔적 없이 지워버릴
소름 끼칠 사드가 온단다

아무런 약속 없이 헤어졌다
청송 산골 학교 숙직실 밤마다 풍금을 치며 그대를 떠
올렸지만
무슨 세상 일 그리 급해 한 줄의 편지도 없었던
그 바보스러움이 더 가슴을 시리게 할 줄을
그래서 나 그대에게 사십 년 늦은 약속을 한다

그대 고향집 앞산에는 사드가 안 돼
지금 내 집 뒷산 염속산에도 사드는 안 돼
가야산 그늘 저만치 내리는 까치산에도 사드는 안 돼
고향 성주에도 이웃 마을 김천에도 사드는 안 돼

우리나라 그 어디에도 사드는 안 돼

오오, 우리 벌써 칠순이다
그대 휘어 피곤한 등에 손자손녀 업고 어르고 있을지도
그래서 그대 자식들과 그대 손주들에게 할
이 마지막 약속
사드배치 철회라는 기쁜 소식이 들리면
나 이 별 내리는 고을을 떠날 것이다
슬프고 아름다운 기억 속의 고향을 버릴 것이다

(2016년 8월 31일 낭송)

이곳이 민주주의다

노태맹

이제 이곳을 더이상
성주라 부르지 마라.

이제 이곳을 더이상
4만 5천의 입 없는 인민들이 살아가는 곳이라 말하지
마라.

이곳은 평화를 위해 불타다가
이제는 영원히 꺼지지 않는 평화의 잉걸불이 된 곳.

이곳은 푸르게 민주주의를 외치다가
이제는 하늘의 별들이 새겨진 민주주의의 깃발이 된 곳.

우리는 알았다.
평화는 잔잔한 강 물결이 아니라
서로를 껴안고 소리쳐 우는 바다의 파도였음을,
평화는 나비의 부드러운 날갯짓이 아니라

고통의 고치를 뚫고 나오는 힘찬 투쟁이었음을,
평화는 높은 성곽 위에 깃발을 꽂는 일이 아니라
성을 허물고 서로에게로 가는 다리를 세우는 것이었음을.

그리하여 우리의 민주주의는
광장에 오랫동안 주저앉아 시간을 내어주는 것이었고
입을 벌려 무언가를 말하는 것이었고
모르는 누군가에게 따뜻한 말과 차를 건네는 것이었고
우리의 분노를 긴 장대에 깃발처럼 세우는 것이었고
손에 손을 잡고 거리로 나서는 것이었고
트랙터로 우리의 의지를 끌고 가는 일이었다.

이제 이곳을 더이상
성주라 부르지 마라.
우리는 이미 이겼고
우리는 이미 평화의 별이 되었다.

이제 이곳을 더이상

4만 5천의 입 없는 인민들이 살아가는 곳이라 말하지
마라.

우리는 이미 빛났고

우리는 이미 민주주의의 별이 되었다.

그러므로 이제 말하지 마라.

오래지 않아 이곳에 흰 얼굴의 지도자가 도래하리라는
거짓을,

그러므로 이제 두 손 모으지 마라.

우리의 비천한 자들이 무릎 꿇어야 하는 허구의 통합을
위해.

보아라,

오 보아라 모든 시간의 형제들이여,

평화는 자유로운 우리 모두의 평등이고

민주주의는 입 없는 자들이 입을 열어

저 귀족들의 금빛 침묵을 걷어내는 일임을.

보아라,
오 보아라 모든 시간의 자매들이여,
평화는 성밖숲 왕버드나무에
생명의 푸른 이파리들이 돋아나는 일이고
민주주의는 그 오랜 왕버드나무 가지에
저 반짝이는 수만의 푸른 나비를 매다는 일임을.

이것이 평화다.
이곳이 민주주의다.

그렇다,
이것이 평화고
이곳이 민주주의다.

(2016년 12월 30일 낭송)

별고을 성주의 밤을 노래하다
한반도 사드 배치 반대를 위한 32번째 촛불 문화제에 부쳐

박일환

경상북도 어디쯤에 있다는 성주
내 발길 한 번도 스치지 못한 곳입니다
성주 참외 얘기는 진작 들어서 알았고
나보다 먼저 교사가 되고 시인이 된 배창환 형님이
성주에서 나고 자랐다는 얘기를
교육문예창작회 모임에서 만나 듣기도 했지요
형님이 보내주신 『성주문학』 잡지를 받아보기도 했고
형님이 펴낸 시집 『겨울 가야산』을 들추며
성밖숲 왕버들을 만나 가천 막걸리 한잔 하면 좋겠다고,
그런 날이 언젠가 오기는 올 거라고 믿었지요

그런데 난데없는 사드라니요
강대국의 전쟁무기 때문에 성주를 찾게 되다니요
더불어 시를 얘기하고 별을 노래하고 싶었던
성주의 밤은 한낱 꿈이었던 건가요

평생을 왜놈과 싸웠던 성주의 애국지사 심산 김창숙 선

생이

　을사오적의 목을 베라고 외치던 그 옛날의 기개와 함께
　고문으로 앉은뱅이가 된 몸을 벌떡 일으켜
　별고을 성주에 사드라니, 가당치도 않은 것들이라고
　호통을 칠 것만 같은 밤입니다

　성주는 성주 고을 사람들만의 것이 아니지요
　내가 그리고 꿈꾸던 성주가 있고
　뭇 사람들이 입에 올리며 부러워하던 성주도 있는데
　그런 성주를 사드에게 바치다니요
　안 될 말입니다 다시 찾아와야지요

　그렇게 되는 날 가천 막걸리 동이째 갖다 놓고
　한바탕 대동의 춤판을 벌여야지요
　그래야 성주니까요
　미국이나 일본도 아니고 중국이나 러시아도 아닌
　여기 한국 땅, 조선의 얼을 빼닮은 얼굴끼리

어울렁더울렁 노래하고 춤추는
그런 밤을 꿈꾸어도 좋겠지요

밤 깊어 별의 이마가 서늘해질 때까지
가슴에 담아둔 예전의 꿈을 마음껏 풀어놓아도 좋겠지요

(2016년 8월 13일 낭송)

촛불의 함성

박희춘

어린 아이의 손목을 꼭 잡은
엄마의 울부짖는 외침도 먹먹합니다
학생들의 함성도 오늘만큼은
철부지 수다가 아닌 간절한 소망입니다
호밋자루 내려놓고 굽은 등이 끌고 나온
할머니의 침묵도 서러움이 묻어납니다
아버지의 검게 거을린 순박한 이마에 굵은 땀방울도 피
눈물보다 붉게 흠뻑 젖었습니다
대대손손 이 땅을 지켜온 선조들의 숭고한 영혼마저 통
곡합니다
비닐하우스에서는 삶의 젖줄인 참외 향기도
낮게 엎드려 노란 울분을 삼킵니다

지축을 흔드는 5만 송이 꽃들의 애환이
7월의 태양마저 잠재우는 생명의 길목에
울컥 뜨거움이 핏빛처럼 올라오는 이 큰 울림들이 심장
을 도려내는 아린 슬픔으로 길 위에 누워

외치는 저 함성들이 들리지 않습니까

진리의 말씀이 이보다 더 절실할 수 있을까요

진정 세상에 신이 존재한다면 여리고 힘없는

작은 풀잎의 향기 하나에도 마음 한 번 손길 한 번 어루

만져 보듬어 안을 수는 없는 것인지요

풀뿌리 하나에도 생명을 품고 있다고

민의의 이야기에 귀기울여줄 수는 없는 것인지요

돌아오지 않은 빈 메아리처럼 혼자만의 독백만을 남기

고 바람처럼 사라져버린 이 민심들의

저 서글픈 생의 비루함에

우리는 귀를 씻고 또 눈을 씻고 싶어집니다

오늘도 고단한 생을 이끌고 군청 마당에

사람다운 사람들만이 피운 꽃잎 화르르 피어나고

평생 흙의 품안에서만 살아온 순박한 민초들의

울부짖음은 푸른 물결로 출렁이는데

짧은 세 치 혀로 심장에 비수를 휘두르는

어리석은 이들이여
바람에도 흔들리지 않은 촛불의 눈물 앞에
우리 가슴은 용광로보다 더 뜨겁게 뛰고 있음을
보아라!
대지의 한 줌 흙의 애환과 분노의 몸짓을
들어라!
울분을 토해내는 들풀의 간곡한 외침을

오백 년을 지키고 있는 성밖숲 왕버들의 숨결은
한결같이 뜨거운 심장으로 독야청청하고
언제나 생명의 소중함이 먼저인 평화롭고 고요한
살기 좋은 내 고향 성산가야 별고을 터전에
오늘 이 자리 역사의 산증인이 되어
이날을 기억하는 후손들에게 한 점 부끄럽지 않도록
우리 분연히 일어나 풀뿌리의 의연함을
내 나라 대한민국 아니 한반도 더 나아가 세계만방에
고하노니

5만 별고을 성주인이여!

먼 훗날 별빛 쏟아져 내린 청정 터전에

꽃잎처럼 살아가는 아이들의 밝고 행복한 웃음이 세상
을 향해 빛날 수 있도록 촛불 높이 밝혀 들고

수많은 파란 나비의 간절한 꿈

우화를 위해 평화의 함성

더 높이 더 멀리 힘껏 외쳐봅시다

우리는 원한다, 우리 아이들의 행복을

우리는 지킨다, 선조들의 바른 정신을

우리는 외친다, 한반도와 세계의 평화를

(2016년 8월 3일 낭송)

하늘의 별은 촛불을 밝히고

박희춘

우리가 밝힌 촛불은 소망 되어 하늘의 별이 되어 빛나고
하늘의 별은 우리의 희망이 되어 촛불로 밝혀져
멈추지 않은 심장으로, 꺼지지 않은 불꽃으로
우리 곁에 다가와 세상의 꽃이 되고 그 꽃은 이내
사람다운 입을 가진 사람만이 말할 수 있는
사람다운 귀를 가진 사람만이 들을 수 있는
사람다운 눈을 가진 사람만이 바라볼 수 있는
나비가 되고 그 나비는 하늘 높이 날아올라
푸른 평화의 성밖숲을 만들었다
하늘과 맞닿는 삶의 터전 별고을 성산에
사드 가고 평화 오라고 5만의 백성들이 57일
변함없이 외치며 한 평의 땅도 내어주지 않고
한 발짝도 물러서지도 않고
저렇듯 어여쁜 꽃들이 피어날 수 있을 때까지
우리는 불의와 타협도 비굴하게 읊조리지도 않았다

민초들은 밟으면 밟을수록 더 굳건히 결속력 강한 뭉침

이 되고

흔들면 흔들수록 단단해져 견고하고 강인해진다고

세상아!

그럴수록 우리는 더 분연히 일어나 싸울 것이다

역사는 아픔만 기억하지 않는다

그 아픔은 희망의 씨앗이 되어 평화의 꽃으로 다시 피

어나

영원히 함께 기억할 것이다

부디 고하노니 아픔의 상흔들이 오래 생채기 않듯

그런 추잡하고 비굴한 생으로 기억되길 원하지 말아라

하루밖에 살지 못한 미물인 하루살이도 그 짧은 하루의

생을 살기 위해

최선을 다해 수많은 날갯짓을 하며 살아간다

하물며 백 년을 산다는 인간이

어찌 분열을 선동하고 이간질을 하는 간신배로 전락하

느냐

그러고도 쌀로 밥을 지어 먹고 술을 빚어 마시며

이 땅을 딛고 살아간다면
그게 어디 사람의 인두겁를 쓰고 할 짓이던가

정말 간곡히 말하노니 그리 살지 마라
너희도 사람이요 우리도 사람이다
다른 사상 다른 이념으로 행동할 수도 있다
다름의 차이도 인정한다
그래도 길을 막고 물어보라
민의를 저버린 그들이 옳은지 평화를 외치는 우리가 그른지를
흔히들 상식이 통하는 세상이라고들 한다
그 상식은 보통의 사람들이 알고 있는 지식을 말함이다
너희는 어찌 그런 상식조차도 모르는
비상식적이고 몰지각한 인간들인지
인간이 짐승과 다른 점은 사고의 지적 능력인
정신과 영혼이 있다는 것이다
그 정신마저 없다면 영혼마저 없다면

짐승과 다를 바 없지 않은가
우리는 정신과 영혼을 상실한 위선의 저들을
똑똑히 기억한다
제발 미래의 희망인 아이들에게 부끄럽지 않은 어른이
되기를 바란다

초연히 모여든 세상 저 촛불들
별고을 사람들의 전설이 훨훨 날아 별이 되고
아이들의 웃음소리는 꽃이 되어 터를 다진,
어진 사람들이 모여 어질게 살아가는 평화의 공원으로
이 땅 어디에도 그 소리 들을 수 있고
이 땅 어디에서도 볼 수 있는 사람다운 사람들이 사는
이 상서로운 곳에 순간의 이기심과 사리 탐욕에
눈이 멀어 세세손손 자손대대 후손들에게 부끄러움도
선대 조상들께 면목없음도 인간으로서 도저히 저지를
수 없는
소인배들의 짓들을 스스럼없이 자행하고 복선을 깐

비굴한 자의 말로에 개탄하지 않을 수 없다
진정 인간다운 인간의 삶을 모르는 것일까
민의에 귀기울이지 않고 욕망의 늪에 빠져 허우적대는
추한 형상은
악마의 본심과 얼굴이 세상 어딘가에 존재한다면
바로 지금 저들의 작태가 아닐까

평화를 외치는 함성들이여!
단언컨대 우리는 믿어 의심치 않는다
반드시 기필코 꼭 이루어지리라는 것을
너희가 얻으려는 그것 또한 절대 얻지 못하리라는 것을
진실은 진실만이 아는 무언의 힘이 있다
우리의 간절함이 몸부림치는 촛불의 말들이
마지막 하나 남은 별이 되어 총총히 오르는 그날까지
끝까지 싸워 성산 봉수대의 횃불을 지키는
투사로, 승리자로 우리는 기억될 것이다
이 땅 어디에도 사드는 가고 평화만이 훨훨 타올라

꿈은 희망의 빛이 되고 그 희망은 다시 염원이 되어

별이 지상으로 내려와 촛불 일으켜 세워 불 밝히고

촛불은 다시 하늘로 올라 별을 일으켜 세워 빛나는 평
화의 그날까지

걷고 또 걸어갈 것이다

(2016년 9월 7일 낭송)

성주 아리랑

박희춘

나비 날아 성산에 별이 된 지도 어언 백여 일
달이 삭고 달이 익고 하길 어언 백여 일
울분 토하고 분노 삭이길 어언 백여 일
오해하고 화합하길 어언 백여 일
안타깝고 야속하길 어언 백여 일
질타와 찬사가 오고 가길 어언 백여 일
낯선 서로가 동지가 되고 이웃이 된 지도 어언 백여 일
그렇게 우리의 촛불이 밝혀진 지도 굽이굽이 고갯길을
돌고 돌아 백여 일의 여정을 동행합니다

시련의 두 계절이 바뀌어도 옹이진 마음에 희망의 여린
싹이 움튼 건 위기대응능력의 투쟁위원이 있고
박학다식한 자유발언자들이 있고
임기응변이 뛰어난 사회자가 있고
시름을 풀어주는 재능기부자의 공연이 있고
무한감동의 자원봉사자가 있고
촛불 밝힌 평화의 마당에 우리가 있었기에

세상은 희망을 우리 편으로 끌어안습니다
결코 혼자라면 할 수 없는 것들
함께라서 그 어려운 걸 우리는 또 해냅니다

때로는 촛불이 흘리는 눈물처럼
가만히 있어도 눈물이 납니다
그 눈물은 작은 개울을 이루고 강이 되고
끝내 창대한 바다를 이룹니다
세월호의 아픔도, 제주 강정마을 해군기지도,
밀양 송전탑도, 설악산 케이블카도,
천성산 도롱뇽도, 영덕 신규 핵발전소도,
소녀의 꿈을 앗아간 위안부도,
옥시 가습기 살균제의 전말도,
백남기 농민의 통한의 울부짖음도
그것도 모자라 백해무익한 사드라는 괴물을
또다시 한마디 의논도 없이 선심인 듯 우리에게 돌을
던집니다

하물며 인간의 탈을 쓰고 이런 작태를 할 수 있는지
　이게 위선과 오만의 독재인지 묻고 싶습니다

　국민이 뭔지 주권이 뭔지 민주주의가 뭔지 정의가 뭔지
국가가 뭔지 평화가 뭔지 사람다운 사람이 뭔지 진실은
정녕 무엇인지도 묻고 싶다
　이 나라의 진정한 주인이 주인다운 바른 생각은 무엇인
지 또 묻고 싶다 묻고 물어 묻고 싶은 말들의 의구심 속에
이 나라 국민이라는 것이 아버지 어머니라는 것이 어른이
라는 것이 면목없어 아이의 얼굴을 똑바로 바라볼 수조차
없다 그네가 추풍에 조금씩 흔들린다

　그네를 매단 동아줄이 썩어 간다
　썩은 그네에 몸을 맡긴 그네 탄 그들이
　빈 들판에 떨어진 낱알 같고 남루한 허수아비 같다
　그네 탄 그네들의 냉혈함에 온몸 으슬으슬 소름이 돋는다
　아니 인간의 기본인 근본과 양심과 몸짓마저 치졸하다

우리가 외치는 절규의 말 한마디는

그냥 말이 아닙니다. 소망의 통로입니다

우리가 내딛는 울림의 한 발걸음은

그냥 발걸음이 아닙니다. 희망의 역사입니다

우리가 뭉치는 결연한 한 마음은

그냥 마음이 아닙니다. 꿈을 실현하는 신뢰입니다

밤마다 밝혀 든 촛불이 흘린 눈물은

그냥 눈물이 아닙니다. 평화를 향한 모두의 간절한 염
원입니다

그 힘든 길 위에 의연히 서 있는 우리들의 심장은 횃불
처럼 타오르고 가슴은 터져버릴 듯 자랑스러워 목젖이 울
컥 뜨거움이 끓습니다

성주인이여!

고맙고도 또 고맙습니다

끝이 보이지 않는 먼 길

우리 모두 위로의 마음 결의찬 뜨거운 심장을 토닥토닥
쓰담쓰담 어루만져 성산 봉화산에 다시 훨훨 타올라 고을
마다에 불 밝혀 널리 세상을 이롭게 할지니 촛불 높이 들
어 복선의 그네들에게 우리의 정의로움을 각인시킵시다
　　바라보는 만큼 보고, 들으려는 만큼 들리고
　　말하려는 만큼 말하고, 생각하는 만큼 행하여 성취하듯
희망의 씨앗인 촛불은 언제나 평화의 광장에서 꺼지지 않
도록 손에 손잡고 온몸 촛불의 심지로 일어나 석 달 열흘
산고의 아픔이 헛되지 않도록 진군할지니라
　　아리랑 아리랑 아라리요 아리랑 고개로 넘어간다
　　나를 버리고 가시는 님은 십 리도 못 가서 발병 난다
　　아리랑 아리랑 아라리요

(2016년 10월 19일 낭송)

촛불은 촛불을 부른다!
이제는 투사가 되어버린, 내 고향 성주 어느 참외 농사꾼 벗이 전해준 말

배창환

촛불이 일어선다
성밖숲 반딧불이 떼 지어 이사 온 듯 곱다

촛불 들고 있는 엄마 아빠, 형 누나가 너무 신기해서,
　사람 나무 빽빽한 군청 앞마당, 여기 지금, 무슨 일이 일
어나고 있는지도 모르고
　촛불 하나 들고 무슨 풍선 날리듯
　사람 나무 그늘 사이로 좋아라 쫓아다니는
　네 살배기 막내가 서럽고 서러워서
　어미 아비는 운다
　태풍 산바 적 참외 하우스처럼 심장 부우―욱 찢어져
운다

　타오르는 총총한, 총총한 불빛
　저 불, 어디서 오는가

　너희는 아무 걱정 없이 공부만 하라고

아무리 일손 바빠도 들일 안 맡기고 싶던,
그래도 주말이면 엄마 아빠 들일 도와주는 큰아이의
착하고 깊은 눈빛 그늘에서 오고,
어느 날 청천晴天에 날벼락으로 찾아온
사드 소식에 기절초풍 놀란 어미의 가슴에서 터져오고,
해가 이글거리는 대낮, 숨이 멎는 참외 하우스에 피죽
같은 땀 한 바가지 쏟고 나오는 아비의 한숨에서 온다
혼령 되어 멀리 가신 이의 무덤조차 벌떡 일어나 불타는
혼불, 혼불들
모두 온다, 한 덩어리 되어

사람들아, 우리는 살고 싶은 것이다
이곳에서 사는 듯이 살고 싶은 것이다
성주장터에 나와 벗들과 돼지국밥에 막걸리 한 사발로
땀을 씻고
한 마을 이웃 마을 작목반 아낙들 형님 동생 모두 모여
천연기념물 땅버들 성밖숲에 자리 깔고 앉아 시름을 잊고

대처로 나간 아이들 손주들 맞이하는 기쁨으로 살고 싶은 것이다

여기 오기까지 우리는 알지 못했다, 민주주의가 무엇이며, 평화가 무엇인지를
그날 이후 하루도 빠짐없이 촛불을 들고 목이 터져라 외치고,
상경 투쟁에, 사드 철회 10만 서명 받으러 쫓아다니고,
8·15 광복기념일 성밖숲 집회에서 908분 성주 군민이 삭발하기까지는

우리는 분명히 알게 되었다
민주주의는 사람들을 힘없다고 무시하지 않는 것이며
사랑하는 사람들과 마음 편히 밥 먹고 정을 나누는 자유이며, 권리란 것을,
40여 일을 생계를 접어두고, 난민 아닌 난민 생활을 하면서 깨달았다

성주 사드 배치 결정 과정에 민주주의는 어디에도 없었
으며

이곳은 지도상에 사람이 아무도 살지 않는 버려진 섬이
었음을

하지만 우리는 나날이 감동으로 느끼고 있다

촛불의 밤에 부르는 우리의 노래와 춤의 율동이 얼마나
아름다운지를,

대화의 창 무수히 열어 밤낮없이 토론하고, 푸른 평화
나비 만들어 가슴에 달아주고, 정크아트 꽃 만들어 거리
에 꽂고

앞날 걱정하며 다음 세대의 평화를 위해 이어가는 우리
의 투쟁이

얼마나 민주주의와 닮아 있는지를, 우리 모두가 얼마나
자랑스러운 평화의 사람들인지를!

농사 걱정 자식 걱정밖에 모르시던 동네 할머니, 할아
버지들이

누구보다 앞장서서 군청으로, 성밖숲으로, 걸어가시는
그 힘이 어디에서 솟아나는지를,

깊은 강이 멀리 흐르듯
우리는 모여서 깊어져 왔고,
흘러서 평화의 바다로, 한 걸음씩 가고 있다
외로운 싸움에 많이 지쳤고, 생계 걱정이 태산인 우리
의 약한 틈새를 노려
온갖 분열책과 기만책이 흉문처럼 떠돌고 있지만
우리는 더이상 어제의 우리가 아니며
이 길은 이제 우리들만의 외로운 길이 아님을 알고 있다
이 나라 고을, 고을마다 작은 촛불이 꽃밭처럼 켜질 때
평화의 바다로 가는 이 거센 물줄기를 누가 막을 것인가

우리는 한마음 첫 마음으로 이렇게 외치고 있다
— 사드 배치 졸속 결정 철회하고 재검토해야 한다!
이 땅의 미래와 평화를 위하여, 뜻을 더 모으고

이 나라의 주인들, 국민 모두에게 갈 길을 물어야 한다!

보라,
촛불이 일어선다
성밖숲 반딧불이 떼 지어 이사 온 듯 고운 불,
우리들 심장에서 꺼내 든 따스한 사랑의 불,
한 사람 한 사람의 빛나는 별이 되어

촛불은 촛불을 부른다!

그날까지, 우리는 우리의 촛불을 끄지 않을 것이다!

(2016년 8월 24일 낭송)

나비의 전설
촛불을 든 성주 군민들께

변홍철

1.
쑥부쟁이 꽃잎을 가만히 건드리는
초가을 잠자리 날개를 간지럽히는
기도하는 늙은 어머니 눈썹 위에
부드럽게 떠는, 촛불을 가만히 핥아 보는
들고양이 무심한 눈동자에 일렁이는

작은 바람을 보았다

밭두렁에 다짐처럼 꽂아둔 삽날
손바닥에 마른 침을 뱉고 다잡는
낫자루 위에, 얼핏 푸른빛으로만
얼굴을 드러내던

조용한 바람을 보았다

때로 그 바람은

우리네 이마 위 땀방울을 어루만지며 지나갔던 바람

막걸리잔 가에 묻은 한숨, 붉게 익어가던
고추밭의 이슬방울을
말없이 위로하며 털어주기도 하였다

노래여,
너무나 오래 전에
내 할머니가 흥얼거리며
들려주시던 자장가여,
혈관 속으로 나즈막히
그저 흐르기만 했던 바람이여

2.
바람,
그 바람이 문득 회오리를 일으키며
아이들 떠난 학교 운동장,

성밖숲 왕버들 줄기를 흔드는 소리

쇠붙이들에 부딪혀,
순하던 바람길이 외마디 소리를 지르며
꺾이는 소리를 들었다, 화약 냄새 풍기는 그늘,
심상찮은 무기의 그림자가
바람의 고운 비늘을 부러뜨리며
갈짓자로 장터를 누비는 소리도 들었다

멀리 산 너머 서서히 다가오는 뇌성처럼
불길한 예감에 펄럭이는 깃발 소리를 들었다
일제히 몸을 떠는 날갯짓 소리

그때 우리 모두는 보았다,
나비!

먹구름 사이로 쏟아진 별들

전설처럼 숨죽였던 마을들이
웅성웅성 켜 든 촛불, 펄럭이는 현수막과 검은 만장들
굳게 다문 입술로 흰 머리카락마저 떨궈내며
알몸으로 부화하는 나비들의
푸른 물결을 보았다

나비들의 부화, 침묵의 껍데기를 깨고 나오는
나비들의 변태, 나비들의 이글거림

아니, 온 고을이 거대한 나비가 되어
천천히 날개를 일렁이는 순간을 보았다

나비의 함성, 나비의 도저한 사랑,
나비의 느리디 느린 이륙, 천근의 무게를 가진
나비의 날개가 서서히 떠오르는 것을

그때 우리는 보았다

나비의 날개 위에 새겨진 놀라운 별자리를
그때 우리는 들었다
거대한 나비의 날갯짓이 일으키는 땅의 울림을

날개의 한 자락이 성산마루를 스치었다
날개의 다른 한 자락이 들판의 두려움을 뒤엎었다
나비의 굳센 더듬이가 서서히 고개를 들어
별빛을 가리고 있던 검은 하늘을 흔들었다

침묵하고 있던 바다,
백두대간의 갈비뼈 속에 꿈꾸고 있던
우리의 분노를 출렁이게 하는 나비여!

태풍의 눈동자를 할퀴어 버린 발톱,
화강암처럼 침묵하고 있던 태풍이
몸서리를 치며 일어서는 장산곶매여!

3.
먼 훗날,
화약내 가신 향기로운 봄언덕을
손잡고 넘어오며 아이들은 노래할 것이다

그날,
무자비한 태풍의 시작을 우리는 보았다고

수금을 뜯으며 시인은 나무 그늘에서
순한 바람처럼 읊을 것이다

그날,
길을 잃었던 별자리가 제자리를 찾아갔던
태풍의 시작을 우리는 들었다고

농부들은 개울을 따라 흘러내려오는
복사꽃의 속삭임 속에서 기억할 것이다

그날,
부서졌던 뼈들이 소리치며 일어섰던
태풍의 기원을 우리는 알고 있다고

고사리 우거진 계곡
녹슨 지뢰의 파편에
날개가 찢어져 울고 있던
한 마리 나비

그 작고 조용한 바람,
자장가 같은 바람 속에서
이 이야기는 시작되었다고

(2016년 9월 5일 낭송)

낮엔 햇빛이 밤엔 별빛이

신경섭

사악한 드라마, 사드의 시나리오가 전격적으로 발표,
공개되었습니다
세계의 패권을 위해 주권과 영토를 내놓을 것
국민의 생존과 안보를 위해 국민이 위임한 국회의결권
을 팽개칠 것
주둔지와 방위 분담금을 위해 세금을 지출할 것
해당 지역 주민들은 동요하지 말고 그대로 받아들일 것
나머지 관객들은 타인의 고통을 외면하고 연대의 손을
내밀지 말 것

성주만을 위해 참 외롭게 싸움하고 계신가유?
남한을 위해 참 의로운 투쟁을 하고 계신가유?
한 겨레를 위해 어쩔 수 없는 참 이로운 선택이라고 말
하는 사람들은 누구인가유?

낮엔 햇빛 받아 참외와 곡식이 익고
밤엔 별빛 아래 사랑의 꿈이 도란도란 피어나는 성주에

누구에 의한, 누구를 위한 것인지조차도 논의하지 않은 채
사악한 드라마, 사드의 시나리오가 군사작전처럼 공개되었습니다

1980년 광주 빛고을을 피로 물들인 것을 용인한 것은 누구입니까?
2016년 성주 별고을을 별들의 전쟁터로 만들 것을 사주하는 것은 누구입니까?
또한 이에 빌붙어 자신의 이욕을 챙기려는 이들은 누구입니까?

분단비용을 줄여 사회 곳곳에 투자하는 것이
통일의 발판이라 생각하는 이들은 누구입니까?
경기도 평택 대추리와 제주도 강정과 경상북도 성주가
무력도발을 억제하는 것보다 무력을 초래할 위험이 더 크다고 생각하는 이들은 누구입니까?

왜 남의 동네 일에 이래라저래라 말을 하느냐, 국정에 반대하느냐 묻는다면

국민의 전체 동의를 거쳤느냐, 권한을 위임한 국회의 절차를 밟았느냐, 물어보고 싶습니다

우리는 국가의 주권을 가진 한 사람으로서 우리 땅에 관심이 많은 사람이기 때문입니다

지금 사람들의 안전을 위협하면서 '안 보'이는 미래의 안전을 대비한다는

사악한 드라마 사드는 제대로 검증된 것입니까?

가만히 있어라, 가만히 있어라

우리가 언제까지 그 말을 믿고 따라야 하는지

멈춘 세월이 바로 너와 나 모두 미래의 세월이라 생각하는 사람이 있습니다

낮엔 반전의 햇빛이 밤엔 평화의 별빛이

낮엔 전쟁 반대의 눈빛이 밤엔 평화 공생의 촛불이 함께합니다

성주는 미국의 별 기지가 아니라

성주는 길이 보전할 한국의 별 마실입니다

우리가 촛불을 밝혀 눈물 나게 바라는 세상은

우리를 위해 나라가 존재하는 것이지

나라를 위해 우리가 존재하는 것이 아닌 세상입니다

그 길에 내부와 외부의 구분은 없습니다, 함께합니다

(2016년 8월 13일 낭송)

촛불 든 손을 위한 기도

이기숙

오늘 저 광장에 모여 촛불을 든 손을 보소서
마음 같이하겠노라며 연인의 얼굴을 만졌던 손에도
아가에게 붉은 젖을 먹이며 여기가 고향이라고 일러준
새댁의 손에도 촛불은 타오릅니다

공단에서 하루의 품삯만큼 까맣게 기름때 낀 손에도
온종일 깨 모종을 솎다 온 엄마의 손에도
가시지 않은 폭염에도 이른 참외 작업을 하고 오신
아버지의 투박한 손에도 어김없이 촛불이 타오릅니다

저 힘주어 촛불을 쥔 손을 보소서
열두 살 어린 나이에 산업화의 역군으로 타향을 서럽게
떠돌다
이제야 한 몸 누울 땅 한 평 장만한 그들의 고단했던 손
에도
엉덩이 먼저 디밀어 고향 한번 만들어 보겠다는 저들의
불끈

쥐어진 손에도 타오르고 있습니다

등 굽은 허리로 팔십 평생 이런 일은 처음이라고
너희만 보낼 수 있냐며 따라오신 할머니 손도 촛불을
들었습니다
등이 굽어 촛농이 자꾸만 자꾸만 밑으로 밑으로 눈물처
럼 떨어집니다

보소서, 간절함을 담은 저 손들을
촛불을 든 손에는 어찌 참과 거짓만이 담겨 있겠습니까
어찌 찬성과 반대만이 담겨 있겠습니까
그들이 촛불을 끄고 돌아갈 때에는
가슴에 단 푸른 나비 한 마리 같은 희망 손에 쥐고 가게
하소서

(2016년 7월 28일 낭송)

중학생 딸아이의 노트에 적어본 시

이재승

중학교 시절
교내 백일장에서 장원을 했다, 시를 써서.
3학년 즈음 또 시를 썼다.
학생 주임 선생에게 불려 교무실로 갔다.
"너, 이 새끼 사상계 읽었지."
그날로 나는 시를 쓰지 않았다.
그 선생이 미웠다.

고등학교 시절
그 즈음 대학 다니던 형님이 붙들려 갔다,
주먹 쥐고 하늘 찌르다가.
아버지는 교도소 면회를 가셨다.
그때 처음이자 마지막 아버지의 눈물을 보았다 한다.
전두환이 미웠다.
나는 책을 덮고 담배를 배웠다.

혹시나 해서 대학을 갔다.

그러나 늙은 아버지와 노동현장을 방황하는
형님을 대신해 집안일을 선택했다.
몸에 맞지 않는 옷을 한 학기 만에 벗어던졌다.

영장이 나왔다. 50사단 방위병.
누구를 위한 군대인지 18개월 내내
충정훈련만 하다 끝났다.
노태우가 미웠다.

공장을 갔다.
2년도 채 안 되어 손가락을 잃었다.
자동차 만드는 데 사람 손가락이 많이 필요하단 걸 그
때 처음 알았다.
세상이 미웠다.

사랑하는 여자가 있었다.
용기를 냈다.

딱 한 번 내 오십 인생의 가장 빛나는 도둑질을 했다.

장사를 시작했다.
세상이야 제멋대로 가든 말든
내 길을 가야 했다.
독불장군, 거침이 없는 길을 갔다.
십여 년 후 듣도 보도 못한 것이 왔다. IMF!
끝내 멈추어야 했다.
김영삼이가 죽도록 미웠다.

서른 중반
내가 찍은 대통령이 두 번이나 되었다.
나라는 그렇게 잘 돌아갈 줄 알았다.
그리고 나는 3년여의 방황과 수양생활 끝에
다시 일어나야 했고 중장비 학원을 나갔다.
그리고 모든 것을 버리고 성주로 왔다.
하루하루 어려웠지만 가정과 행복을 얻었다.

사드가 온단다. 군공항이 온단다.
그나마 10여 년 만들어온 내 작은 행복을 앗아가려 한다.
잘 돌아갈 줄 알았던 바뀐 세상이
분열과 나태 끝에 이명박을 만들더니
끝내는 박근혜를 낳았다.
밉다, 마이 밉다. 아프다, 마이 아프다.
그러나 이번엔 내가 물러서지 않는다.
도망가지 않는다. 아니, 갈 곳도 없다.
싸울란다, 끝까지.

지난해 마지막 날 광화문 촛불
서울 형님네와 우리 가족이 만났다.
다 같이 주먹 쥐고 하늘을 찔렀다.
그리고 목놓아 구호를 외쳤다.
"사드 가고 평화 오라."
30년 넘은 감회와 감격이 목 넘어와

눈시울을 붉힌다.
이제 이불 쓰고 고함지르지 않는다.
당당하게 손잡고 목놓아 외치리라.
"세상의 모든 잘못된 것은 물러가라"고.

또한 광장의 여러분에게도 외쳐 본다.
박근혜, 개누리 찍은 손 자르지 마시라.
손가락 자르면 인생이 아프다.
그 손가락으로 자판 잘 누르고, 표 잘 찍으면
혁명을 이루고 나라가 행복해진다.
그 손가락으로 동지의 손 맞잡으면
죽 쒀서 개 안 주는 행복한 내일이 올 거라고.

나는 이제 다시 시를 써 본다.
중학생이 절필하지 않는 세상을 꿈꾸며.

(2017년 1월 3일 낭송)

성주는 대한민국의 살이다

이창윤

겨레는 핏줄이다
맥박은 정신이다
살과 핏줄과 맥박이 모여 몸을 이루듯
성주군과 대한민국은 운명공동체다

대구 달서구에서 한 시간이면 도착하는 고장 성주
나는 이 나라가 아닌 외부에
단 한 번도 발길 찍어본 적 없는
1년 365일 이 땅에 발붙이고 오롯이 살아온 붙박이다
이 땅에 외부세력이 있다면
사드배치로 동북아 패권을 유지하려는 미국과
그들의 군사적 이익에 입을 맞추는
불의한 국가권력이 외부의 무리다

성주군은 홀로 떠 있는 고립된 섬이 아니다
성주군 곁에 칠곡군, 고령군이 놓여 있고
대구광역시, 구미시, 김천시, 경산시, 거창군,

합천군, 청도군, 창녕군이 에워싸고
경상남도와 경상북도가 그곳을 끌어안고
넓은 품을 이루고 있다

해마다 5월이면 참외 축제가 열리고
성밖숲 천연기념물 왕버들이 자라는 청정한 고장
농사 지으며 평화롭고 순박하게 살던 5만 성주 군민들을
사드 레이더 전자파의 볼모로 삼지 말라
대대로 살아온 조상의 땅
후손들에게 물려줄 우리의 터를
미국 군사전략의 희생양으로 삼지 말라

성주군에 사드가 배치될 경우
한반도에 조성될 전쟁 위기에서
이 땅의 어느 목숨이 자유로울 것인가

성주는 탐욕스러운 미국의 아가리에 뚝 떼어주어도 좋을

한덩어리의 고깃감이 아니다
대한민국의 몸을 이루는
아픈 살과 피다

(2016년 8월 6일 낭송)

평화의 중심, 성주

이창윤

한반도에 평화의 중심이 생겼다
그곳은 별고을 성주
밤하늘 돋아난 별에 화답하듯
지상에 밝힌 수천 수만의 촛불은
50여 일이 넘는 지금까지
평화의 성화가 되어 성주의 밤을 밝히고 있다

외부세력 운운하는 고립작전에도 무너지지 않았고
초전면 제3부지를 들먹이는
갈라치기 분열 책동에도 흩어지지 않았다
8·15 광복절에는 908명의 삭발로
이 땅의 자주정신을 꿋꿋하게 지켰다

이제 성주 군민들은 안다
성산포대 사드배치는
전자파 피해와 참외농사 문제를 넘어
한반도에 터 잡고 사는 우리 모두의 생명을

전쟁 위기로 모는 사악한 괴물이라는 것을
그러니 촛불은 꺼질 수도 없고 꺼져서도 안 된다는 것을
이 땅에 사드가 철회되기 전까지
어둠을 밝히는 저 총총한 별빛처럼
촛불로, 하나의 마음으로 뭉쳐야 한다는 것을
모두가 안다

평화는 우리의 식량이다
사람은 평화를 먹고 사는 존재다
평화 없이는 삶도 행복도 온전히 누릴 수 없다

목숨을 조이는 전쟁의 위협 앞에서
한 발자국도 물러설 수 없다는 간절한 염원이
사천여 평화의 꽃이 되어
8월 27일
성주군청에서 성산포대까지 평화의 인간띠를 이었다

아비의 품에 안긴 아이와 아기 업은 엄마
주름살 가득한 할매, 할배
햇볕에 얼굴 그을린 농군
천진난만한 동심의 어린이들까지
남녀노소 꽹과리 장단과 북소리에 맞춰
이구동성으로 외치는
사드배치 결사반대

결의에 찬 뜨거운 외침을
거룩한 이 평화의 행렬을 아무도 막을 수 없다
아무도 막아서지 못한다

그러니 누구든 들어라
성주가 대한민국이다
성주가 평화의 중심이다
성주가 한반도 평화의 출발점이자 깃대다

(2016년 9월 3일 낭송)

사드

정동수

그것은 꽃입니까
그렇다면 꽃말은 무엇입니까
바람이 아침을 열었습니다
안개에 묻힌 나리꽃이 순결한 슬픔으로 일렁입니다
잎잎마다 맺힌 씨앗들은
소멸과 탄생의 어느 순간에 서 있습니까
담장을 넘어 능소화가 피어나면 계절은 여름입니까
겨울입니까 보랏빛 산수국,
그 만개하지 못한 슬픔은 무엇입니까

성밖숲 광장에 모인 사람들이
꽃의 이름을 아프게 외칩니다
꽃바구니를 닮은 유모차를 끌며
꽃의 이름을 외칩니다

피어 조화롭지 못한 꽃들도 있습니까
피어 소멸될 수 없는 꽃은 무엇입니까

118

피어 소멸시키는 꽃은 또 어떤 꽃입니까
기쁨, 행복, 사랑, 슬픔, 덧없음,
저 외래종 꽃말은 어떻게 명명되어야 합니까

바람이 아침을 열면
다시 안개가 몰려다니고, 해가 뜨고
밤새 잠들지 못한 저 꽃은 천천히 꽃말을 만들어 가겠
지요
저 참화慘禍의 꽃은,

(2016년 7월 15일 낭송)

생명을 잉태하는 땅

조선남

보이지 않는 허공
철조망도 장벽도 없는 허공
보이는 것은 맑은 하늘과 솜털 같은 구름
햇살은 여과 없이 논두렁 밭두렁에서
푸른 콩 한 포기 키우고
하우스에서는 달콤한 내음으로
황금빛 참외가 탐스럽다

사드가 오기 전까지는
보이지 않는 냉전의 대립이
보이지 않는 전자파가
허공에 철조망을 치기 전까지는
여기는 생명의 땅이다
여기는 생명을 잉태하는 땅이다
여기는 아웅다웅 이웃과 살 부비며 살아가는 고향이다

이 땅 어디를 가도

가시 돋친 철조망은 없었다
여기
천 년을 살아온 땅
천 년을 살아갈 땅이다

여기 보이지 않는 핵미사일과
여기 핵폭탄의 냉전과
여기 풀 한 포기 나지 않는 포연의 검은 구름이
여기 땀과 눈물이
여기 태어나지도 못한
평화의 생명이 미라로 울부짖는다

여기는 한반도
여기는 성주
그 별빛이 아기의 눈망울을 닮은 성주다
여기는 생명 빛 모태다

다시 희망을 노래하라!

(2016년 8월 6일 낭송)

별뫼 마을의 함성

천보용

울린다 대지를 뒤흔드는 별뫼星山 마을의 함성
정겨운 별들의 마을에 불청객 사드라니
그들은 선전포고도 없었다 잔인한 짐승들이었다
그들에게 백성은 허약한 개돼지였다

정말 우리 성주는 사람이 사는 마을일까
사람의 집에 들어설 때
헛기침 한 번 문 한 번 두드리는 예의는 삼척동자도 안다
예절이 사라진 틈새로 비죽비죽
백삼십 도의 전자파가 파고들다니
불안하다 할 말이 없다
이 처지에서 그냥 방관자가 될 수는 없다

사랑하는 처자식 형제 같은 이웃들
사드라는 끔찍한 유해물질의 실험대상이 되라고 한다
그들에게도 이웃이 있을까
제발 인간 생명 희생이 담보가 되는 터무니없는

고집불통의 그들에게도

칠월의 바람에 일렁이는 성밖숲
잔디밭, 뛰노는 아이들 흥겹다 그 뒤로 삼삼오오 모인
어른들의 수다는 이미 수다가 아니다
"땅이고 집이고 거래가 안 된다, 사드아파트 사드참외
누가 먹겠나"
"사드 사정거리는 이백 킬로라니 대북방어 서울방어도
아닌데 우째 된 기고"
"대처 아들이 걱정이다, 서울방어 못 하는 사드를 여기
다 배치한다니"
성밖 수양버들 축 처진 기 머릿결 흩날리는데
알고 있을까, 먼 산 석양도 슬프다
저 슬픈 석양 아래 정말 사드가 오는 것일까

세 살배기 아이가 뒤뚱뒤뚱 노인을 따라간다
해는 뉘엿뉘엿 서산에 기울고

군청 앞은 사람들이 몰려들고 있다 그들의 아우성 소리
슬프다, 지천地天이 우는 소리 성주가 운다
나는 쉼 없이, 쉼 없이 운다

(2016년 7월 23일 낭송)

무궁화꽃이 피었습니다

최진

그대가 돌아보면
모두가 멈추어야 하는 놀이
그러나 그대는 빤히 쳐다보며 읊조립니다

무궁화꽃이 피었습니다

그대의 손가락에 걸린 동무들 구하려다
하나 둘 어둠 속으로 사라집니다
그대가 고개를 돌리고 있어도
목소리가 나지막해도
이제는 움직이는 사람이 없습니다

무궁화꽃이 피었습니다

빨주노초파남보 나날이 색동옷 꽃피는
오롯이 당신만이 무궁화입니다

하지만

사드꽃이 피었습니다!
가만히 있으라! 외치는 그대를 향해
한 송이 꽃이 되어 걸어갑니다

북핵꽃이 피었습니다!
불순분자 외부세력 솎아내라!
협박을 뒤로 하고 꽃들이 핍니다

빨갱이꽃이 피었습니다!
힘없고 가난한 이들의 고혈을 빨던 붉은 꽃 시들고
당신과 나 맞잡은 손에서 푸른 평화가 꽃잎을 엽니다

무궁화꽃이 피었습니다!
눈먼 임 지키려 죽어서도 울타리꽃* 된 아내처럼
1퍼센트의 꾐에 넘어가지 않으려 99가닥 뿌리를 박습

니다

　지지 않으려는 그대 홀로 지고 나면 그뿐이지만
　피고 지고 또 피어 무궁화가 된 우리들
　내가 진 자리에 또 다른 내가 피어나는
　지금! 여기!

(2016년 8월 20일 낭송)

* 울타리꽃은 무궁화의 우리말 이름.

이곳은 평화를 촬영하는 드라마 세트장이다

성주 글쓰기 모임 '다정'

여기는 평화나비광장
평화 드라마를 찍는 세트장이다
오늘은 171회째(12월 30일 기준), 평화 드라마는 계속되고 있다
이 생방송 드라마는 비가 오나 눈이 오나 계속된다

모두가 연속극의 주인공이고
모두가 연속극의 스탭들이다

드라마 총감독 김충환 위원장님, 이강태 신부님, 김성혜 교무님, 이종희 위원장님

촛불 연출 노성화 단장님

고난의 상황을 순식간에 평화의 상황으로 만들어버리는
촛불 상황실의 박수규 실장님

촛불 촬영 이분들이 없었더라면
쓰레기 언론들의 더러운 글과 말을 어찌 바로잡았을까
〈뉴스민〉의 천용길 편집장님 김규현 기자님
박중엽 기자님 이상원 기자님 정용태 기자님
〈오마이뉴스〉와 〈팩트TV〉 기자님

촛불 영상에는 깜찍한 토끼로 더 잘 알려진
류동인 님, 그리고 김광식 님

촛불 기획에는 발이 말보다 빠른 박철주 님

김제동보다 더 유명한 성주의 영웅 촛불 엠씨 이재동 님

촛불 마당쇠(변강쇠) 이강태 님 도완영 님 방민주(빵민
주) 님
이국민 님 이민수 님 조성용 님 김상화 님 한호옥 님

촛불 차 봉사 성주성당 천주교평화위원회 회원님들, 그리고 신부님과 수녀님들

사무여한死無餘恨의 마음으로
매일 저녁 원불교 교무님들이 올리는 장엄한 평화의 기도 소리

촛불 봉사 이혜경 님 금은점 님 김경숙 님 심복남 님
조유련 님 김미영 님 배미영 님 배정하 님 석명희 님 서미란 님
우봉진 님 김효남 님 유영대 님 성주제일교회 남녀집사님들

촛불 소식지 편집팀 이형희 님 여정희 님 조은학 님

촛불 소식지 배달꾼 김경수 님 나순석 님 김미정 님 최

은희 님 최용철 님 황재화 님

촛불 미술팀 서화담 님 김현선 님 배현리 님 김미남 님
류영희 님 이현정 님

성주의 대표 카피라이터 서미란 님

평화를 사랑하는 예술단 이미애 님 이미란 님 최종희 님
박경미 님 염채언 님 김기태 님 한규비 님 박아진 님
박세림 님 박연주 님 김후남 님

노래하는 예그린 전영미 님 천남수 님

빈 플라스틱 병으로 지지 않을 평화의 꽃을 만드는
꽃자리의 김순란 님 박신자 님 고해자 님

아, 그리고 평화의 나비떼들을 세계로 날려 보낸

실리안 파랑나비공방의 파랑나비팀들

엄마 따라 쫄래쫄래 평화나비광장에 찾아와
재잘재잘 고운 목소리를 내어준 별고을의 어린이 천
사들
김송현 김송우 박아연 한다빈 석정담과 석정우
이린 이재서 김솔 김찬 김민

촛불의 명가수 진금염 님 황성재 님

표고농사 지으시는 지역단장 김형계 님

산처럼 미더운 법무팀장 배현무 님

여성 1만인 서명운동의 주역인 윤금순 님

촛불 100일의 무릎담요의 주역인 사드밴드 펀딩팀의

윤병철 님 이현민 님

촛불의 아름다운 얼굴들을 한 장 한 장 사진에 새기는
남진수 님

목요일의 사나이로 촛불을 울리고 웃기는 함철호 선생님

주옥같은 말씀으로 생생한 가르침을 주시는
월요일의 사나이 배윤호 선생님

금요일에 고정출연하는 지혜로운 월항 소녀 이수미 님

소성리에도 사람이 살고 있다며
광화문 100만 촛불들의 눈시울을 뜨겁게 한
임순분 소성리 부녀회장님의
떡국 맛과 팥죽 맛을 우리는 잊지 못하네

별고을의 러블리 평화 여전사 손소희 님

노래도 미모도 투쟁만큼 멋진 배은하 투쟁위 1기 대변인

배포 크신 성주의 대표요리사 배숙희 님

촛불 최강 리액션의 에너자이저 김남연 님

부부궁합의 끝판왕
성주의 최고 부부 춤꾼 조선동 님 김정복 님

비가 오나 눈이 오나 평화의 북으로 천지天地를 두드리는
북치는 소년소녀 김삼곤 님 송대근 님 허기택 님 박노
육 님 박영순 님

촛불 개근상 최영철 님을 비롯한 별고을의 할매들

그리고 여기에 이름이 없어서 별처럼 빛나는 더욱 아름
다운 사람들

　　이렇게 수많은 스탭들과 주인공들이 있으니
　　우리는 은산銀山과 철벽鐵壁도 넘을 것이다

　　이 수많은 사람들 가운데 오늘은
　　동남청년단 이야기를 해보자
　　별고을의 이 자랑스러운 청년들은 매일 저녁
　　촛불보다 먼저 나와 장작을 패고
　　평화난로에 불을 지핀다
　　드라마 세트장이 이 청년들 때문에 따뜻하다
　　이 평화의 세트장을 처음부터 끝까지 책임지는 사람들
이다
　　생방송 촬영이 끝나면 한 줄로 서서
　　주인공과 스탭들에게 인사하는 일도 잊지 않는다
　　"수고했습니다. 안녕히 가십시오. 내일 또 뵙겠습니다!"

도대체가 지치지 않는 강쇠들이 맞다
　늘 함박웃음이다
　사드타파 핵사이다 김충환 위원장은 이 동남청년단이
　성주에 따뜻한 동남풍을 몰고 올 것이라고 말한다
　서북청년단과 사드는 동남청년단이 앞장서서 물리칠
것이다

　우리는 잘난 척하려고 무대에 오르는 것이 아니다
　주인공이 되려고 무대에 오른 것이 아니다
　불의와 부정을 고발하고 나보다 남을 이롭게 하기 위
해서
　우리는 오늘도 무대에 오른다
　무대와 관객이 일심동체다
　아! 하면 와! 하고 대답한다
　우리는 이 겨울의 찬바람이 무섭지 않다
　촬영장에는 평화난로와 비닐 바람막이가 있고 따뜻한
차가 있다

전쟁을 부르는 무기인 사드는 나쁘다는 진실한 믿음이 있고
착한 인심이 있으니
성주가 쓰는 이 드라마는 아름다울 수밖에 없다
누가 잔치는 끝났다고 하는가
성주의 싸움은 매일 매일이 잔치다
이곳 별고을에서 시를 낭송한 시인들이 한결같이
직관으로 예언했다
성주는 이미 이겼다
이 낙관과 이 낭만으로 이 평화의 항쟁을 끝까지 밀고 나가자
성주 사람들 이마에서 푸른 물이 뚝뚝 듣는다
성주가 평화다!
평화가 성주다!
우리가 민주주의다!
우리가 주인공이다!
사드는 가라!

평화는 오라!

(2016년 12월 30일 낭송)

* 성주 글쓰기 모임 '다정'(多情) 회원들 : 김경분, 김경숙, 김성경, 김현선, 류동인, 배은하, 서미란, 손소희, 여정희, 염채언, 오수일, 이수미, 조은학, 차헌호.

결의문

1.

우리 성주는 성스러운 땅이다. 성산의 치마폭을 적시며 굽이굽이 낙동강 지류가 흘러 만든 비옥한 땅에, 아득한 옛날부터 사람들이 모여들어 농사를 짓고 살며 이천과 백천이 흐르는 언덕 위에 수많은 고인돌 유적을 남기고 성산 자락에 고분들을 남겨, 일찍이 나라를 이루고 산 흔적들을 새겨 두었으니 성산가야라고도 하고 벽진가야라고도 불렸다.

2.

물산이 풍부한 성주에서 농사짓고 살던 사람들은 성품이 어질고 너그러웠으나, 나라가 위태로울 때는 내 나라 내 고장을 지키기 위해 불같이 일어나 자신의 몸을 돌아보지 않고 가진 재산을 모두 털어서 외적에 맞섰다. 임진왜란 당시 대구에서 조령 또는 추풍령을 잇는 전략적 요충지인 성주성을 탈환하기 위해 곽재우와 김면 휘하에 삼남 일대의 2만 의병들이 결집했을 때, 세 차례에 걸친 성주성 전투에서 이름 없이 싸우다 죽어간 선조들의 이야기가 성주에 성씨를 둔 가문마다 혹은 구전으로 혹은 문서로 전해져 내려온다.

3.

1905년 일제에 의해 경부선 철도가 개통되었다. 부산–대구–문경–충주–서울로 이어지는 전통적 영남대로가 아니라 부산–대구–김천–추풍령–대전–서울로 우회하는 노선이었다. 당시에 성주와 충주에는 강력한 유림이 존재하였고, 지맥을 끊는 철도 부설에 강력히 저항하였다. 당시에 철도는 일제가 조선의 물자를 수탈하는 수송로였고, 철도가 지나가는 곳은 어김없이 전통 사회가 붕괴되었다. 지금의 우리가 느끼는 것과 같은 위기감으로 유림을 비롯하여 수많은 성주 군민이 궐기하였고, 마침내 제국주의 외세로부터 고향을 지켜내었다.

4.

이제 우리 성주 군민들은 또다시 외세의 도전에 직면하였다. 만에 하나 성주에 사드가 배치되고 미군기지가 들어오면 우리 군민이 지금처럼 성주에서 살아갈 수 있겠는가? 우리의 선조들이 맞이했던 외세의 위력이 지금보다 만만했겠는가? 가공할 위력으로 덮쳐오는 외세 앞에서 우리의 선조들은 무릎을 꿇거나 물러서지 않고 고향을 지켜내었다. 우리는 우리의 선조들이 그렇게 지켜낸 땅, 성주의 주민이며 그 자랑스러운 선조들의 후예이다. 우리에게는 이 땅을 소중히 지켜내어 우리 후손들에게 물려주어야 할 책무가 있다.

5.

성주의 성스러운 땅, 성산을 외세의 군사기지로 영구히 내어줄 수는 없다. 또한 성주사드의 오명을 후손들에게 물려주어서도 안 된다. 우리의 선조들이 그랬듯이 우리는 목숨을 바쳐서라도 성산과 성주를 지킬 것이다. 사드를

반드시 막아내고 성산을 평화의 상징으로 우뚝 세워 떳떳
하고 자랑스럽게 우리 후손들에게 물려줄 것이다.

2016년 8월 15일
사드철회 평화촉구 결의대회 참가자 일동

결사항전, 사무여한!
사드배치절차를 즉각 중단하라!

　지난 11월 16일 국방부는 롯데 측과 사드부지 협상을 타결하였다고 발표하였다. 바로 이곳이 한미군사당국이 내년(2017년) 상반기에 사드와 그 운용인력을 배치하겠다고 공언하고 있는 경상북도 성주군 초전면 소성리 롯데스카이힐 성주C.C 앞이다. 지금까지 각자의 위치에서 사드 반대투쟁을 해왔던 성주투쟁위, 김천시민대책위, 원불교 비대위와 대구경북대책위 및 전국행동 등 5개 주체는 앞으로 더욱 긴밀히 소통하고 연대하여, 박근혜정부의 막가파식의 사드배치절차의 강행에 대하여 정치적·행정적·법률적 대응은 물론, 필요하다면 온몸으로 사드배치를 막아낼 것임을 밝혀둔다.

1. 박근혜정부, 더이상 아무것도 하지 말라

　지난 11월 12일, 박근혜퇴진을 요구하며 100만이 넘는 인파가 서울에서 집회를 열고 행진을 했고, 분노한 국민들은 지난 19일에도 전국 곳곳에서 또다시 100만 개의 촛불을 밝혔다. 이미 열흘이 넘도록 5퍼센트에 고착된 지지율이 의미하듯이 이미 국민들은 정치적으로 박근혜 대통령을 탄핵하였다.

이러한 상황에서도 국방부는 16일에 롯데 측과 사드배치부지 협상을 타결했다고 발표했다. 그리고 23일에는 사드배치의 전단계로서 한일군사정보보호협정에 서명하였다. 국정농단의 주범인 최순실이 사드한국배치 결정과정에 깊숙이 개입한 정황이 포착되어 언론에 공표된 마당에 박근혜정부가 사드배치절차를 강행하고 있는 것에 대해서, 사드배치로 인해 피해를 입게 될 당사자인 성주, 김천의 주민들과 원불교의 출가·재가 교도들은 분노를 넘어서 참담함을 금할 수 없다.

박근혜를 비롯한 국정농단의 주범들이 자행한 부정과 불법행위들이 이미 백일하에 드러나 있는 상황에서 지금 박근혜정부가 국회의 요구조차 무시한 채 무리하게 추진하고 있는 행위들은 모두 무효이며 폐기되어야 마땅하다.

2. 사드배치 강행하는 미국을 규탄한다

박근혜정부가 국민들로부터 명백히 불신임을 받은 상황임을 뻔히 알면서도 미국은 허수아비 박근혜정부를 앞장세워 사드한국배치를 기정사실화하고 고삐를 죄는 양상이다. 미 국무부 동아태 차관보 다니엘 러셀은 11월 3일 "한국의 정치상황과 무관하게 한미동맹은 견고하다"고 공언하였고, 한미연합사령관 빈센트 브룩스는 "8~10개월 내에 한국에 사드를 전개하겠다"는 발언으로 한국정부를 압박하고 있다.

사드가 북한의 핵과 미사일에 대해서는 무용지물이고, 세계의 군사적 패권다툼 속에서 한국민들의 희생을 담보로 전략적 우위를 점하려는 미국 미사일 방어체계의 일환이며, 미국 군수회사의 재고처리를 한국에 부담시키려는 거간꾼 미국의 횡포임을 우리 성주와 김천의 주민들, 그리고 이 땅의 평화를 염원하는 한국민들은 똑똑히 알고 있다.

우리는 작금의 사태를 초래한 박근혜–최순실 국정농단세력에게 엄중한 책임을 물을 것이며, 그와 더불어 동맹국 미국이 한국민을 대하는 고압적 태도에 대한 치떨리는 분노를 가슴속 깊이 새겨둘 것이다.

3. 결사항전, 사무여한의 정신으로 사드를 반드시 막아내자

우리가 국가에 바라는 것은 오직 지금까지 살던 대로 살아가게 놔두라는 것이다. 이곳은 우리 조상들이 묻힌 땅이고, 내가 살다가 죽어 묻힐 땅이고, 내 자식들이 돌아와서 살아야 할 곳이다. 또한 이곳은 평화의 성자인 정산종사께서 태어나신 성지이며 원불교의 모든 출가·재가 교도들의 마음의 고향이다.

이곳에 지역주민 모두가 반대하고 군사적 효용성도 없는 사드를 배치하고 외국 군대의 기지가 들어와서 동북아시아의 긴장이 집중되고 세계에서 가장 위태로운 곳이 되어버리는 상황을 우리는 결코 두고 볼 수 없다.

오늘 우리는 성주촛불 135일, 김천촛불 96일, 원불교 평화의 기도 92일의 염원을 모아, 여기 소성리에서 사드 배치반대 결사항전의 깃발을 든다. 우리는 전국의 100만 촛불 시민들과 평화를 염원하는 모든 국민들이 우리와 함께할 것을 믿는다. 사무여한의 정신으로 사드를 반드시 막아내자. 사드 가고 평화 오라!

2016년 11월 24일
사드배치철회 성주투쟁위원회
사드반대 김천시민대책위원회
원불교 성주성지수호 비상대책위원회
사드배치반대 대구경북대책위원회
사드한국배치저지 전국행동

참여한 시인들

고희림 1960년 강원도 원주 출생. 1999년『작가세계』로 등단. 시집으로
『평화의 속도』,『인간의 문제』,『대가리』,『가창골 학살』이 있다. 대구경북작
가회의 회원.

권순진 1954년 경북 성주 출생. 2001년『문학시대』로 등단. 시집『낙법』과
산문집『맛있게 읽는 시』가 있다. 대구경북작가회의 회원. 성주문학회 회원.

김수상 1966년 경북 의성 출생. 2013년『시와 표현』신인상 수상. 시집으로
『사랑의 뼈들』이 있다. 대구경북작가회의 회원. 성주문학회 회원.

김용락 1959년 경북 의성 출생. 1984년 창비 신작시집『마침내 시인이여』
로 등단. 시집『푸른별』,『기차소리를 듣고 싶다』,『시간의 흰길』,『조탑동에
서 주워들은 시 같지 않은 시』,『단촌역』,『산수유나무』와 평론집『문학과 정
치』등이 있다. 경운대 교양학부 교수. 대구경북작가회의 회원.

김윤현 1955년 경북 의성 출생. 1984년『분단시대』로 작품 활동 시작. 시집
으로『창문 너머로』,『사람들이 다시 그리워질까』,『적천사에는 목어가 없
다』,『들꽃을 엿듣다』,『지동설』이 있다.『사람의 문학』편집위원. 대구경북
작가회의 회원.

김태수 1949년 경북 성주 출생. 1978년 시집『북소리』로 등단. 시집으로
『농아일기』,『베트남 내가 두고 온 나라』,『겨울 목포행』,『황토마당의 집』,
『땅 위를 걷는 새』가 있다. 성주문학회 회원.

노태맹 1962년 경남 창녕 출생. 1990년『문예중앙』신인상으로 등단. 시집으로『유리에 가서 불탄다』,『푸른 염소를 부르다』,『벽암록을 불태우다』가 있다. 대구경북작가회의 회원. 성주문학회 회원.

박일환 1961년 충북 청주 출생. 1997년『내일을 여는 작가』로 등단. 시집으로『푸른 삼각뿔』,『끊어진 현』,『지는 싸움』, 동시집『엄마한테 빗자루로 맞은 날』, 청소년시집『학교는 입이 크다』와 산문집『나는 바보 선생입니다』,『미친 국어사전』등이 있다.

박희춘 1964년 경북 성주 출생. 성주문학회 회원.

배창환 1955년 경북 성주 출생. 1981년『세계의 문학』으로 등단. 시집『잠든 그대』,『다시, 사랑하는 제자에게』,『백두산 놀러 가자』,『흔들림에 대한 작은 생각』,『겨울 가야산』과 시선집『서문시장 돼지고기 선술집』등이 있다. 대구경북작가회의 회원. 성주문학회 지도고문.

변홍철 1969년 경남 마산 출생. 1994년 동인지『저인망』으로 작품 활동 시작. 시집『어린왕자, 후쿠시마 이후』와 산문집『詩와 공화국』이 있다. 대구경북작가회의 회원.

신경섭 1968년 충남 아산 출생. 1994년 충남교사문학회로 작품 활동 시작. 충남작가회의 회원.

이기숙 1953년 대구 출생. 2004년『작가정신』으로 등단. 성주문학회 회원.

이재승 1967년 대구 출생. 성주군 대가면 거주.

이창윤 1962년 서울 출생. 2002년『문예사조』로 등단. 대구경북작가회의 회원.

정동수 1963년 경북 성주 출생. 성주군 금수면 거주. 2016년『시와 문화』로 등단. 별고을독서회·성주문학회 회원.

조선남　1966년 대구 출생. 마을 목수, 동네 시인. 『노동해방문학』으로 작품 활동 시작. 시집으로 『희망 수첩』, 『눈물도 때로는 희망』이 있다. 현장노동자 글쓰기 모임 '해방글터'에서 활동. 대구경북작가회의 회원.

천보용　1951년 경남 밀양 출생. 2016년 『시에터카』로 등단. 성주문학회 회원.

최진　1977년 5월 경북 성주 출생. 2014년 『사람의 문학』으로 등단. 시집으로 『배달 일기』가 있다. 대구경북작가회의 회원.

성주 글쓰기 모임 '다정'(多情)　성주의 글쓰기 모임. 전쟁을 반대하고 평화를 사랑하는 사람들이 모여 김수상 시인과 함께 글쓰기 공부를 하고 있다. 김경분, 김경숙, 김성경, 김현선, 류동인, 배은하, 서미란, 손소희, 여정희, 염채언, 오수일, 이수미, 조은학, 차헌호가 함께하고 있다.

사드배치 철회 성주촛불투쟁 200일 기념 시집

성주가 평화다

초판 1쇄 발행 2017년 1월 28일
초판 5쇄 발행 2017년 3월 6일

지은이 사드배치철회 성주투쟁위원회 · 대구경북작가회의 · 성주문학회
펴낸이 오은지
편집 박덕희 · 변홍철
사진 성주사드배치철회 투쟁기록실
펴낸곳 도서출판 한티재 등록 2010년 4월 12일 제2010-000010호
주소 42087 대구시 수성구 달구벌대로 492길 15
전화 053-743-8368 팩스 053-743-8367
전자우편 hantibooks@gmail.com 블로그 www.hantibooks.com

ⓒ 사드배치철회 성주투쟁위원회 · 대구경북작가회의 · 성주문학회 2017
ISBN 978-89-97090-66-2 03810

이 도서의 국립중앙도서관 출판예정도서목록(CIP)은 서지정보유통지원시스템 홈페이지
(http://seoji.nl.go.kr)와 국가자료공동목록시스템(http://www.nl.go.kr/kolisnet)에
서 이용하실 수 있습니다. (CIP제어번호: CIP2017000741)